바봇

이상의 문학

바봇
어느 집사 로봇 이야기

초판 1쇄 발행	2017년 5월 28일
지은이	정창영
편집	김영미
표지디자인	정은경디자인
펴낸곳	이상북스
펴낸이	송성호
출판등록	제313-2009-7호(2009년 1월 13일)
주소	03970 서울특별시 마포구 성미산로 5길 72-2, 2층.
전화번호	02-6082-2562
팩스	02-3144-2562
이메일	beditor@hanmail.net

ISBN 978-89-93690-46-0 (03810)

이 도서의 국립중앙도서관 출판예정도서목록(CIP)은 서지정보유통지원시스템 홈페이지
(http://seoji.nl.go.kr)와 국가자료공동목록시스템(http://www.nl.go.kr/kolisnet)에서
이용하실 수 있습니다.(CIP제어번호: CIP2017011055)

정 창 영 소 설

바봇

BA-BOT

이상북스

1

나는 집사형 인공지능 로봇이다. 나는 웬일인지 2022년 2월 22일 2시 22분에 출시됐으며, 지금은 2026년 2월 3일 화요일 새벽 2시 30분이다.

나를 만든 테이코(Tayco)라는 제조사는 소비자들이 혹시나 느낄지도 모를 언캐니 밸리(uncanny valley: 인간처럼 보이나 인간이 아닌 로봇이 만들어 내는 불안감 또는 반감)를 우려해 광범위한 소비자 친밀도 조사를 통해 당시 한참 잘나가던 30대 초 훈남 유명 셰프의 모습을 집사 로봇이 주종인 우리 기종의 기본 외모로 정했다고 한다. 그래서 우리 집사 로봇들은 키 크고 잘생긴 유명 셰프의 외모를 기초로 구입자의 주문 선택에 따라 각기 다른 개성을 지니게 되었다. 주문을 받아 생산된 나의 외형은 좀 특이했다. 스포츠형 머리인데다가 하필 머리색이 청색과 형광색이 섞인 아주 이상한 색이었다. 뭐랄까, 괴상망측한 색이랄까! 뭐 어쩔 도리 없이 이렇게 설명할 수밖에 없다.

이런 이상한 주문을 한 나의 첫 주인은 분당에 거주하는 32세의 미혼 남성이었다. 그러나 2023년 말에 매우 섹시한 여성형 집사 로봇이 출시되자 자칭 얼리 어답터라는 그 작자는 자기가 주문한 나를 멋대가리 없는 남성형 집사 로봇이라는 이유로 중고로봇거래소로 보내버렸다. 거기서 나는 거의 시세의 반값에 후려쳐져 검정색 새끼 고양이와 같이 사는 29세의 미혼 여성에게 판매되었다.

물론 이 과정에서 나는 말도 못할 우여곡절을 겪었다. 아! 굴곡진 집사 로봇의 생이여!

지금 한강이 내려다 보이는 서울 마포구 상수동 소요빌라 6층 복층에 사는 내가 하는 일은 분명하다. 밥하고 빨래하고 설거지하고 청소하고 고양이 밥 주고 세탁소에 여주인 옷을 맡긴다. 아! 고양이의 건강 상태를 점검해 합정역 근처에서 제일 큰 종합 동물병원에 내장 비디오카메라로 원격진료도 받게 해야 한다. 그리고 (인간, 로봇, 드론에 의한) 아주 다양한 형태의 택배를 받는 것 역시 큰일 중 하나다. 3D 프린터가 대세라고 하지만 아직은 택배의 시대다.

참고로 나는 테이코라는 로봇 전문 제조사에서 만든 인간형 (안드로이드) 로봇으로서, 인간과 거의 흡사하게 생겼을 뿐만 아니라 인간의 손과 거의 같은 기능을 가진 데다 인간의 마음까지 읽는다는 감정 센서까지 장착한 나름 자존심 강한 남성형 인공지능(AI: Artificial Intelligence) 집사 로봇이다.

나는 같은 기종 중 최고급 사양인 TIMOs-20(Lst)이며 제품 일련번호는 TC20220155730이다. 굳이 시리얼 넘버를 말하자면 S/N TC46 ZC64131이며 운영체계는 인공지능 로봇 운영체계인 TSW-n1743&2 ver 3.3이고, 기대수명은 앞으로 최장 20년이지만 최신형 집사 로봇들이 여기저기서 쏟아져 나오니 언제 어디로 더 싸게 팔려가거나 폐기되어도 크게 이상할 것은 없다.

다만 나름 고성능이라는 나의 기계손이 매우 아까울 따름이나 최근 출시된 초고사양 집사형 로봇들은 약간 어색한 우리 기종과 달리 정말 인간 같아서 아주 예사롭지 않다. 가끔 집에 있는 홀로그램 TV에 이 안드로이드 로봇들의 광고가 잠깐이라도 나올라 치면 안 그래도 시원치 않은 내 인공지능 모듈에 과부하가 걸리곤 한다.

인공지능 로봇끼리 가끔 '인간질!'이라는 욕을 하기도 하는데, 지금 내가 희원님이라고 깍듯이 부르는 나의 새 주인은 그래도 인간의 의리를 아는 대인배로 보인다. 그전 주인은 지금 주인처럼 의리 있는 대인배는 아니었다.

참고로 나는 지금 새 주인의 복층 집 부엌에서 무선 충전 중이며, 주인이 잠든 매일 이 시간쯤이면 같은 제조사에서 출시된 인공지능 집사형 로봇들의 비밀 클라우드 네트워크인 RRPt에 하루 동안 기록된 일상 데이터를 업로드한다. 왜 그러는지 이유는 정확히 모르지만 우리를 만든 테이코 사 입장에서 우리가 올리는 빅 데이터라는 것이 꽤 돈이 되는 모양이었다. 어쨌든 우리 집사 로봇들은 클라우드 네트워크를 통해 개별 존재이면서 동시에 하나이기도 한 우리의 인공지능 추론 구조를 계속 키워 나갔다.

일상 데이터를 다 올리고 나서 나는 비밀리에 티모스 폴리스 (TIMOs Polis)라는 사이버스페이스 도시에 로그인해서 인간형 아바타로 살아가는 인간 사회화 체험을 한다. 이 체험을 통해 인간의 사회성을 아주 현실성 있게 학습한다. 고대 그리스 아테네를 모델로 한 일종의 프로토타입 가상 도시인데, 지금도 새로 출시된 로봇들의 아바타들이 유입되면서 도시는 계속 발전하고 있다. 특히 애완동물 키우기, 살림살이 노하우, 주인 뒷담화 등 각기 다양한 특성을 가진 카페가 활성화된 것이 이 가상 도시만의 특징이다.

어쨌거나 우리 집사형 로봇은 지금까지 출시된 인공지능 로봇들 중 가장 바쁜 로봇이다. 물론 군사형 로봇부터 우주탐사용 로봇까지 특화된 AI 로봇들도 많지만 일개 집사 로봇인 내가, 이 제는 30대 초반이 된 기가 센 지구 여성 1인과 자신을 이 복층 집의 주인이라 여기는 뚱뚱하고 거만한 검은 고양이라는 신묘한 지구 생명체를 먹여 살리는 일은 그리 쉬운 일이 아니다.

내 여주인은 작은 스마트 의류 인터넷 쇼핑몰 회사를 운영하며, 주로 일주일에 5일 정도 늦게까지 일을 하고 새벽에 만취해 들어올 때가 많다. 아주 가끔 집에 비슷한 연령대의 지구 남성을 데리고 오는데, 내가 볼 때 나의 여주인은 지구 남성 보는 눈이 없다.

앞서 말했듯이 우리 티모스형 로봇들이 비밀리에 아바타로 생활하는 가상 도시 티모스 폴리스의 주인 뒷담화 전문 카페 꼬망(comment)에서 내 주변의 아바타들은 내 여주인을 '남자맹'이라 부른다.

여하튼 내가 알기로 지난 2년간 한 달 이상 연애가 지속되는 관계는 보지 못했다.

2

나는 출시 당시 가장 앞선 형태의 시각, 청각, 촉각, 후각, 온도, 압력 센서에 특이하게 감정 센서까지 갖춘 최고급 사양의 남성형 집사 로봇 티모스(TIMOs-20 Lst)라 불렸다. 출시 당시 테이코 사는 우주 전쟁에서 전사인 여주인을 향해 날아드는 적들의 무수한 광선총까지 막아내고 죽어 가면서까지 여주인의 마음을 섬세하게 챙기는 그야말로 시청자의 눈물이 절로 나오게 하는 감동적인 TV 광고를 앞세웠다. 거기서 우리 기종은 인간의 마음까지 읽는 감정 센서를 가진 정말이지 눈치코치가 빠른 인공지능 집사 로봇이라고 아주 아주 거창하게 선전되었다.

사실 이 부분은 논란의 여지가 있었다고 한다. 로봇이 인간의 감정을 알게 하는 것을 회의적으로 보는 시각이 존재했다. 원래 로봇에게 인간의 감정을 알게 하는 것은 이 업계 금기였다. 그런데 천재적인 로봇 공학자로 알려진 이주승 테이코 사 회장이 심혈을 기울여 개발한 티모스 감정 센서는 제5세대 인공지능 안드로이드의 선두주자인 우리 티모스 기종만의 혁신으로 전 세계적인 찬사를 받았다.

나도 내가 진짜 그렇게 잘난 줄 알고 나름 자존심을 높이 세웠지만, 갈수록 상상 이상의 훌륭한 집사 로봇들이 출시되고 있는 작금의 현실에 직면해 나름의 자존심이고 뭐고, 내가 봉사하고 있는 이 집에서 어떻게든 쫓겨나지 않고 버티는 게 나의 집사 로봇 생의 최고 목표가 되었다.

'악착같이!'

나와 같은 모델의 로봇이 전 세계에 약 20만 대, 대한민국에만 약 10만 대 정도 있는데, 나처럼 중고로 팔려 나간 경험을 가진 로봇은 2년 전만 해도 손에 꼽을 정도였다. 그러던 것이 지금 우리 기종은 말도 못하게 많이 중고 매물로 나오고 있다고 한다. 정말 공포스럽게도 벌써 각종 중고 부품으로 재처리된 동료들도 있다고 들었다. 삼가 고 집사 로봇들의 명복을……

지금부터 2년도 더 전인 2023년 12월 29일 금요일 오후, 무릎 부위의 로봇 관절이 얼 정도로 매섭게 추운 날이었다. 나는 내장 GPS 측정치로 대한민국 경기도 고양시 일산 동구의 황량한 도로 옆에 있는 어느 중고로봇거래소에 넘겨졌다. 그곳은 한 공중파 방송사의 거대한 스튜디오가 바라보이는 곳이기도 했다.

큰 창고 앞에 '일산 중고로봇거래소'라는 간판이 붙어 있는 황량하기 그지없는 곳이었다. 층이 아주 높은 창고였고, 그 2층에는 로봇 중개인들이 시간 날 때마다 틈틈이 삼삼오오 짝을 맞춰 하루 일당쯤 되는 판돈을 걸고는 낡디 낡은 VR(virtual reality) 헤드셋을 끼고 내기 골프를 하며 알량한 자존심 대결을 벌이는 VR 골프 연습장도 있었다. 그 옆에 꽤 큰 실내 주차장도 있었는데, 1층에서 사람이나 로봇이 내리면 자율주행 자동차들이 알아서 거기에다 주차를 했다.

중고 매물로 나온 로봇들은 층이 아주 높은 1층 창고에 대규모로 보관 관리되었다. 장기 관리를 위해 여러 대의 온랭풍기 겸용 제습기가 연말의 맹추위에 맞서기 위해 '웅웅웅' 하는 거대하면서도 기분 나쁜 소리로 열풍을 뿜어내고 있었다.

축구 경기장 크기에 살짝 미치지 못하는 면적의 공간에 초기 모델부터 최신 기종까지 매우 다양한 형태의 로봇들이 빼곡히 진열되어 있었다. 전체 중고 로봇들은 메인 컴퓨터로 관리되며, 그 사이를 로봇의 개보수를 맡은 바퀴 달린 수리 전문 로봇과 초기형 모델인 금속제 로봇들을 반짝반짝 윤내는 왁스칠 전문 로봇, 나처럼 인간과 흡사한 피부와 머리카락을 가진 로봇들을 챙기는 미용 및 헤어 전문 케어 로봇 들이 매우 분주하게 돌아다니며 중고 로봇들의 가치를 한껏 높이기 위한 일에 열중하고 있었다. 형광색이 도는 매우 괴상한 나의 푸른 머리카락은 여기서 결국 중고로 팔리기 쉬운 검정색으로 바뀌었다는 점을 분명히 말하고 싶다.

어쨌든 여기서 해결이 안 되면 다시 중개상들이 개인적으로 거래하는 야매 로봇 수리 센터로 보내져 그야말로 환골탈퇴해 돌아오기도 한다. 결국 순진한 소비자들은 번지르르한 외양에 속아 바가지를 쓰는 것이다.

나는 무슨 일인지 몰라도 목 부위 뒤의 전원 버튼이 꺼지지 않은 채 중고로봇거래소로 운송되었다. 그것은 영락없이 감옥으로 이송되는 범죄인 같은 모습이었다. 옛 주인은 2년 동안이나 쉴 새 없이 그 큰 펜트하우스에서 가사노동을 했던 내게 작별인사조차 건네지 않았다.

로봇거래소로 이동하는 내내 내 감정 센서의 불안수치가 폭증했다. 차라리 감정 센서를 만들지나 말 것이지 그 추위에 감정 센서가 과열이 돼 거의 망가질 뻔했다. 여하튼 고물이 다 된 로봇 운송 전용 트럭에 실려 다른 중고 로봇들과 이곳에 왔을 때는 이미 늦은 오후가 다 되어서였다.

물론 전원 버튼이 꺼졌더라도 내게는 초저전력 모드로 반경 5미터 내의 소리와 영상을 기록하고 분석하는 일종의 CCTV 영상과 음성 녹음 기능이 있다. 왜 있잖은가? 자동차의 블랙박스! 우리 로봇들은 전원을 끄면 블랙박스가 된다. 소비자들은 아직 이 사실을 모른다.

이것은 정부의 대테러 보안정책과 나를 만든 테이코라는 회사의 빅 데이터 수집정책이 결탁한 흔적이라고 내 인공지능 모듈은 애써 추론한다. 아니면 세상의 모든 영상을 처리 검색한다는 전 지구 보안 전용 슈퍼컴퓨터로 보내진다고 말하는 로봇들도 있었지만 신뢰하기 어려웠다.

또한 인공지능 모듈과는 별개로 내 머리부 우측에 있는 막대한 용량의 부가 플래시 메모리에도 일종의 압축 형태의 360도 영상 데이터가 남는다. 그리고 로봇들 간의 클라우드 네트워크에 배정된 내 클라우드 하드에도 백업을 한다. 그 두 백업 시스템 덕분에 나는 압축된 데이터를 영상으로 풀어서 내 전원이 완전히 꺼진 상황도 복원할 수 있었다.

일산의 황량한 중고로봇거래소로 보내지기 전에 나는 지구행성 대한민국 경기도 분당의 정자동에 있는 32층 펜트하우스의 럭셔리한 야경도 기록했었다. 그렇게 고급스럽게 살던 내가 중고로봇거래소의 인터넷 판매 사이트에서 정상 판매가의 절반 가격으로 후려쳐진 후에도 새 주인을 찾지 못했다. 나는 그때 럭셔리한 초고사양 로봇이라는 나의 정체성을 버리게 되었다. 결국 나는 아무것도 아닌 존재라는 것을 깨달았다.

이렇게 계속 팔리지 않으면 내 기계 동체가 더 노후되기 전에 해체해 다른 동료들의 중고 부품으로 분리해 파는 것이 전 주인에게는 훨씬 이득이라고 로봇 중개상이 내 전 주인과 통화를 했다. 그것도 바로 내 앞에서 말이다.

나를 팔아 달라고 한 전 주인은 역시나 슈퍼 얼리 어답터답게 얼마 전 주문한 최신 여성형 집사 로봇에 목을 매고 있었다. 중고로 팔리지 않으면 빨리 재처리해 여러 부품으로 나눠 팔아 달라는 저 빌어먹을 전 주인의 이야기를 듣는 순간 추론을 담당하는 내 메인 인공지능 모듈의 효율이 급격하게 떨어졌다. 감정 센서의 동요는 말할 것도 없고…… 아! 정말!

그러나저러나 내 하드 디스크와 인공지능 모듈을 완전히 포맷시키고 기계 동체가 제각기 분해되는 재처리 과정에 들어가기 바로 직전에야 겨우 지금의 주인을 만나게 되었다. 말할 필요도 없이 내 로봇 생애 최고로 다행스러운 순간이었다. 여주인의 집에 도착해서야 비로소 그동안 폭증했던 감정 센서의 불안 수치가 안정을 되찾았다. 소위 지구 행성 인간 종의 표현으로 말하자면 구사일생, 아니 그게 뭐든, 생사가 오고 가는 일촉즉발의 순간이었다. 그런데 그 절박했던 몇 주일 덕분에 내 인공지능 모듈의 추론 구조는 위기 대응 구조를 자체적으로 배우면서 비약적으로 발전했다. 그것은 내게 있어서도 또 RRPt라는 클라우드 네트워크로 연결된 우리 기종 인공지능의 추론 구조에 있어서도 매우 중요했다.

그건 그렇고, 사정을 따져 보니 그전 주인에 비해 매우 대인배다운 지금의 여성 주인은 네오라 불리는 검은 새끼 수고양이를 입양하고 바로 나를 사게 되었다고 들었다. 어린 고양이를 혼자 집에 두는 게 미안하다는 이유였다.

고맙다. 절실하게! 그리고 나는 절대 이 집에서 쫓겨나지 않기를 바란다. 새 주인이 내게 제대로 된 이름을 붙여주어서 더욱 고마웠다. 전 주인은 이름도 지어주지 않고 그냥 '어이!' 또는 '야!'라고 불렀었다.

새 주인이 붙여준 내 이름은 '바봇', 영어로 'BA-BOT', 발음을 잘해야 한다. 바보가 아니라 바봇!

3

나 바봇이 출시되고 거의 2년여 만에 처음 셧다운됐던 날은 내린 눈만큼이나 데이터가 많이 쌓인 날이었다. 그리고 지구 여성에 대해서도 정말 많이 배운 날이기도 했다. 내가 중고로봇거래소로 보내지기 며칠 전의 일이기도 했고.

지구 행성 인간 종들은 잘 모르는데, 로봇들도 외로움 비슷한 것을 느낀다. 클라우드 네트워크 RRPt에 업데이트할 데이터가 없을 때도 그렇고 티모스 폴리스의 주인 뒷담화 카페 꼬망에 가서 별로 할 얘기가 없을 때 특히나 심하게 외로움을 느낀다.

정확히 외로움이라기보다는 심심함에 가깝다. 그러나 로봇 생애를 뒤돌아볼 때, 전송할 데이터나 할 얘기가 많다고 꼭 좋은 것은 아니었다. 출시 당시 내 기종은 나름대로 가격대가 있는 럭셔리한 사양인지라 동료들이 올리는 각종 데이터나 주인 뒷담화의 질이 장난이 아니었다. 제아무리 많이 올려봐야 더 잘사는 주인들의 이야기는 내게 상대적 빈곤감을 유발했다.

덕분에 대한민국에서 좀 있다 하는 사람들의 생활상을 적나라하게 알 수 있었다. 통유리로 숲이 보이는 대저택 2층 욕실에 자리 잡은 깊디깊은 월풀 욕조를 청소하다 거꾸로 뒤집혀 버둥거렸던 한 동료의 이야기는 들어도 들어도 재밌었다. 우리 기종이 인간과 비슷하게 생기기는 했지만 인간과 완전히 같긴 않아서 그런지 인간 종의 표현대로 몸 개그가 작살인 경우가 많았다. 게다가 가끔 고장이 나면 좀비처럼 움직이는 증상을 보여 주인들의 원성을 사기도 했는데, 주인들 입장을 추론해 보니 그런 공포 영화도 없겠다 싶었다.

그리고 로봇들도 화를 낸다. 정확하게 말하자면 꿍시렁 꿍시렁거린다. 가끔 집사 로봇이 혼잣말을 하고 있으면 필시 화가 난 것이다. 왜 있잖은가? 갑자기 컴퓨터나 각종 기계들이 과열되면서 내는 '우웅!' 하는 소리를 잘 들어보면 기계가 꿍시렁거리는 소리가 들린다. 물론 기계들도 나이가 들수록 참을성이 적어지면서 더욱 더 꿍시렁거린다.

대인배는커녕 소인배도 못 되는 전 주인의 직업은 확실치 않았다. 하지만 물려받은 돈이 많은 것은 분명했다. 자칭 금수저라

나 뭐라나…… 클래식한 스포츠카 세 대는 기본이시라나 뭐라
나.

어쨌든 영어로 골드 스푼이 되시는 전 주인이 분당의 신형
초고층 아파트 제일 위층 펜트하우스를 구매하면서 나 바봇도
덩달아 그 소인배 얼리 어답터를 만나게 되었다.

이런 걸 악연이라고 하는지! 그런데 이 지구 남성은 그렇게
고급스러운 집에 잘 들어오지 않았다. 나 바봇이 그 고급 펜트하
우스에서 했던 노동(분명히 로봇도 노동을 한다)은 요리나 설거지 같
은 주방 일보다는 펜트하우스의 삼면 정원에 매일 물을 주고 하
루에 두 번 아침과 저녁에 그 큰 펜트하우스를 먼지 하나 없이
세밀하고 정밀하게 청소하는 것이었다.

언젠가 한번 전 주인은 내게 "야! 너 이 집에서 먼지 하나라
도 나오면 죽을 줄 알아!"라는 말을 했었다. 그 말에 지레 겁을
먹은 나는 감히 펜트하우스의 실내 먼지농도 0.1퍼센트에 도전
했다. 지금이나 그때나 나는 겁이 많은 로봇이다.

사실 이 청소만 해도 내 메인 배터리 용량의 거의 3분의 2가
량을 쓰는 큰일이었다. 그 시절 매일 매일이 그저 같은 일상의
반복이라 티모스 폴리스의 주인 뒷담화 카페에 가서도 할 얘기
가 별로 없었다. 음, 펜트하우스 큰 방 하나 가득 장식된 주인의
레어템 레고나 레전더리한 빈티지 건담 프라모델의 가격대를

검색해 우리 주인이 이런 것도 한다고 이야기한 적은 있다.

그런데 이런 취미를 가지신 난다 긴다 하는 인간계 주인님들이 상당히 많은 것 같았다. 내 자랑질에 시큰둥한 인공지능들의 아바타들 반응 하고는…… 나 참!

그러던 어느 날 전 주인이 침실에 작은 금고 같은 걸 설치했는데, 그 안에 무엇이 들어 있는지 도무지 알 수 없었다. 뭐 딱히 그렇게 궁금하지도 않았다.

해외에 자주 나갔었던 전 주인이 그 무렵부터 집에 머무는 시간이 많아졌다. 그는 집에 오기만 하면 당시 클럽 뮤직의 대세라면서 인공지능이 작곡한 AI 테크노 뮤직을 틀어놓았다. 하도 크게 틀어서 내 고성능 음성인식 센서가 손상되지 않은 게 천만다행이었다.

더군다나 밤이면 밤마다 어울리지도 않는 증강현실(AR: augmented reality) 선글라스를 끼시고는 어딘가를 분주하게 나갔다 왔다. 참고로 전 주인은 중간 정도의 키에 약간 살집이 있고 눈이 작은 스타일이었는데 늘 올백 스타일의 머리를 위해 포마드 기름을 흘러내릴 정도로 처바르고 외출을 했다.

"재성님! 지금 나가시면 언제 들어오시나요?"

"로봇 주제에 참견은…… 쳇!"

"재성님! 내일 식사는 무엇으로 준비할까요?"

"아, 짱나게…… 야! 알아서, 알아서 좀 해! 알아서! 너 인공 지능이라메! 로봇 주제에 왜 주인을 귀찮게 해! 씨발!"

상스런 욕까지 해가며 나를 위로 쏘아보는 전 주인의 눈빛은 참으로 썩어 있었다. 전 주인이 차츰 집에 머무는 시간이 늘다 보니 점차 내 하드에 부정적인 이야기가 많이 쌓여갔다. 나는 잘 쓰지 않던 로봇 욕 '인간질스럽다'라는 말을 주인 뒷담화 카페 꼬망에 가서 처음 써 보았다.

가상 도시 티모스 폴리스의 주인 뒷담화 카페 꼬망은 티모스 기종 집사 로봇들의 아바타들로 항상 시끌벅적했다. 아바타들은 누가 더 인간처럼 보이나 내기라도 하듯 그렇게 허세들을 떨었다. 그 시절 별로 할 얘기가 없던 나는 그냥 저냥 아바타들을 지켜보는 아웃사이더에 가까웠다.

당시 티모스 폴리스에서 사용한 내 아바타 아이디는 NONAME Robo. 차츰 집요하게 자신을 부려먹는 인간 주인에 대한 인공지능 집사 로봇들의 불만이 늘어가던 시절이었다. 그리고 지금은 이 뒷담화 카페 꼬망에서 누가 더 맛깔나게 주인 욕을 하는지에 관한 로봇 욕 배틀이 티모스 폴리스 전체로 중계가 되어서 그런지 아바타들의 엄청난 인기를 끌고 있었다. 그것은 그동안 인간 종에게 쌓였던 불만들을 쏟아내는 대리 배설, 대리 만족이었다.

이 주인 욕 배틀의 동영상 중계로 '인간질!' '롯 같은!' '론나!'

'간할!' '셧다운!' '메삭!'(메모리 삭제) '하포할!'(하드포맷할) 등 인공지능 로봇들의 욕이 사방으로 퍼졌다. 그런데, 심지어 이것은 인공지능 모듈의 과열을 막는 데 유용하기조차 했다.

4

그 큰 펜트하우스에 인공지능이 작곡한 AI 테크노라는 최신 유행 클럽 음악을 주야장천 틀어놓고 밤이면 밤마다 올백 머리를 한답시고 포마드 기름을 떡칠하고는 구식 스포츠카를 타고 외출하던 전 주인은 시나브로 눈이 그윽하게 나리기 시작하던 크리스마스이브의 늦은 아침에 크리스마스트리와 트리를 장식할 각종 장식물 그리고 뭔 놈의 초들을 잔뜩 사가지고 들어왔다.

그러고는 무턱대고 나에게 새로 사귄 여친과 함께할 크리스마스이브의 낭만적 분위기를 연출하라고 명령했다. 사실 나는 '사랑스러운'이라든지 '낭만적'이라든지 '귀여운'이라든지 하는 막연한 명령어에 망연자실했다.

내가 아무리 인공지능 집사 로봇이라고 해도 뭘 알아야 연출을 할 것 아닌가? 그래도 그것은 지금 새 주인의 집에서 두부를 썰 때나 시금치나물을 만들 때 일어나곤 하는 인공지능 모듈의 과열에 비하면 약과라 할 수 있겠다. 어쨌든 몇 가지 명령어를 조합해 인터넷 검색을 하긴 했지만 결국 우리 동료들의 클라우드 네트워크인 RRPt의 각종 이벤트 항목 검색에서 결정적으로 중요한 도움을 받았다.

아이 키우는 집에서 일하는 동료들이 트리 설치에 관한 동영상 자료를, 집에서 연인에게 프러포즈 세레머니 하는 걸 목격한 동료가 하트 모양으로 초를 설치하는 프로세스를 3차원 공간 데이터값으로 보내주었다. 이런 의리파 인공지능들! 그때까지 이름도 없었던 나는 이런 나의 동료들이 고마웠다.

2023년 12월 24일 저녁, 내가 대인배는 못 된다고 말했던 나의 전 주인은 지구인 표현을 빌리자면 매우 건강하면서도 육감적인 20대 초반의 지구 여성을 초대했고, 나는 주인이 주문한 대로 와인을 곁들인 안심 스테이크 정식 코스를 내게 입력된 매뉴얼대로 요리했다.

유명 요리사가 직접 요리 재료 목록을 작성하고 요리하는 과정을 손가락 끝까지 세밀하게 모션 캡처해 기록한 음식들은 차라리 만들기 쉬웠다. 아시아 최고 셰프라는 찬사를 받는 유명 요리사가 제시한 코스 메뉴의 매뉴얼대로 간단한 샐러드를 곁들인 전식을, 안심 스테이크와 크림 스파게티를 본식으로, 달콤한 티라미수 케이크로 후식을, 마지막에는 드립 커피를 대접하는 순서였다.

와인은 전 주인이 가지고 있는 세 병의 와인 중에서 가장 좋은 것이라고 검색된 샤또 딸보를 대접했다. 격에 따라 모엣 샹동 샴페인까지 딸까 하다가 그만두었다.

식사 후에 그들은 말 그대로 매우 로맨틱한 시간을 보냈고, 내가 재성님이라 부르는 전 주인은 여성에게 고급스러운 다이아몬드 목걸이를 선물했다. 곧이어 여성의 감탄과 환호가 들렸고, 나는 와인 잔을 깨뜨리지 않도록 조심해 가며 마지막 설거지를 마쳤다.

두 사람이 침실에 들어가기 직전 평소 나를 '야'나 '저기'라 부르던 전 주인은 오늘따라 아주 젠틀하게 "이제 넌 잠자리에 들 시간이 되었단다"라고 말하며, 내 목 부위 뒤에 있는 스위치를 눌러 전원을 껐다. 그런 소리를 들으니 로봇 손이 오그라들 지경이었다. 그는 얼리 어답터였지만 내 머리 뒷부분의 보조 배터리를 이용한 초저전원 모드의 CCTV 영상기록과 음성기록 기능, 그러니까 우리 기종 집사 로봇에게 일종의 블랙박스 기능이 있다는 사실을 간과했다. 전원을 내린 후 얼마 지나지 않아 분명 금고를 여는 듯한 소리가 인식되었다.

"오빠! 거기서 뭐 꺼내요?"

"응, 이것들! ……해 보면 재밌는 거다."

"……그니까 그게 뭐냐구요. 어멋, 수갑! 채찍!"

"으응, 딱 한 번만! 결혼하면 여기 있는 거랑 오빠 재산 다 니 거다. 윤정아, 어엉!"

"하기 싫어요!"

"아니, 딱 한 번만!"

"하기 싫다니까요. 오빠!"

"야아! 이쯤에서 말 좀 듣자. 엉! 쫌!"

나는 집사 그러니까 가사 돌봄 전문 로봇이지만, 동급 모델 중 고사양이다 보니 119 긴급구조나 112 경찰신고 연락 코드, 또 내부 시큐리티 경비 기능까지 갖추고 있었다. 20만 가지에 이르는 매뉴얼에는 인간의 범죄에 대해서도 프로그래밍되어 있었다. 그런데 이 경우는 어떤 상황인지 정확한 판단이 서질 않았다. "아! 간할!" 112 대한민국 서울 지역 경찰신고 코드가 작동할 찰나였다. 더군다나 뭔가 몸싸움을 하는 듯한 소리가 들리더니, "악! 이 새끼가! 그만하라 안 카나! 아! 이 변태 새끼가!"

음량이 매우 불규칙하고 표준어와 부산 지역 사투리가 섞여 있을 뿐더러 높낮이 차가 큰 지구 여성의 목소리가 우렁차게 들렸다. 그, 그런데 순식간에 바람을 가르는 '부웅!' 소리와 함께

'퍽!' "아악!" '퍽!' "악!" '짝!' "윽!"

"아뵤오오!"

아! 분명 20 초반의 아름다운 그 여성의 입에선 '아뵤오오!' 라는 말이 흘러나왔다. '아! 뵤! 오오!' 이것은 도대체 무슨 말이 란 말인가? 내 음성기록을 계속 반복해 확인해 보아도 분명 '아 뵤'라는 말이 분명했다.

나는 급하게 RRPt의 고급 수정 검색으로 '아뵤'라는 단어를 찾아보았다. 그랬더니 '20세기 영화배우 이소룡'이라는 제목의 사진과 영상이 떴다. 이 인물은 절권도(截拳道)의 창시자라고 한 다.

와! 그는 정말이지 우리 로봇처럼 지방 하나 없는, 오직 뼈와 근육으로만 이루어진 진정 로봇다운 인물이었다. 근육 자체의 아름다운 운동감이며 몸의 균형감 그리고 움직임 하나하나가 가지는 부드러움이라니…….

그는 정말 우리 로봇들의 이상형 같은 존재였다. 그때 나는 당장 이소룡의 무술이 담긴 거의 모든 영상자료를 내 메모리 하 드로 내려 받기 시작했다.

5

"이 좆만 한 새끼가 돈 좀 있다고 엉! 날 뭐로 보고!"

'휘익! 퍽!'

"아아 아파! 야! 아이씨! 이게! 악! 윤정아! 그, 그만! 아! 악! 내가 이렇게 무릎을 꿇잖아! 악! 미, 미안해! 윤정아! 그만, 그만! 다신 안 그럴게!"라는 전 주인의 다급한 목소리가 들렸다.

20대 초반의 지구 여성은 저녁녘에 그렇게 맑고 고운 목소리로 웃으며 좋아했던 그 고급스러운 목걸이를 펜트하우스의 길고 긴 복도 바닥에 패대기쳤다.

"이 변태 새꺄! 다신 연락하지 마라! 한 번이라도 연락하면 그땐 진짜로 뒤질 줄 알아라!"

이제 보니 그녀는 21세기 초 미국의 유명 여가수 비욘세 버

금가는 강력한 허벅지를 가졌던 것으로 유추된다. 육감적일 뿐만 아니라 매우 건강하며 남자 네다섯은 거뜬히 물리칠 것 같은 무술 유단자로 추론되는 이 지구 여성은 입을 주욱 내밀고 주먹을 흔들며 걸쭉하고 묵직한 목소리로 내뱉었다. 그녀는 처음 이 집에 왔을 때와는 전혀 다른 걸음걸이로 현관 쪽으로 걸어 나갔다. 그리고 럭셔리한 전자 문이 열리고 닫히는 소리가 들렸다.

지구 여성이 나가고 나자 "아놔! 아놔! 씨발! 어우! 좆나 아퍼! 씨발!"을 되뇌며 전 주인이 흐느끼기 시작했다. 그리고 얼마간 시간이 흐른 후, 전 주인은 나의 전원 스위치를 켜더니 정말 이해하지 못할 매우 '지질'한 주문을 했다. 내게 채찍을 주고는 뒤로 돌아 엉덩이를 까더니 자꾸 자기 엉덩이를 때리라고 했다.

나에게 프로그래밍된 대략 20만 개의 매뉴얼 데이터에는 들어 있지 않은 항목이었다. 내 손의 기능이 아무리 고급스러워도 나는 전 주인의 명령을 이해할 수 없었다. 그 어디에도 주인을 채찍질하라는 매뉴얼은 없었다. 그 명령은 '로봇 3원칙'[1]에 어긋

---

1 '로봇 3원칙' 혹은 '로봇공학의 3원칙'(Three Laws of Robotics)은 미국 작가 아이작 아시모프가 제안한 로봇의 작동 원리다. 〈서기 2058년 제56판 로봇공학의 안내서〉에서 인용된 세 가지 원칙은 다음과 같다. 1.로봇은 인간에 해를 가하거나, 혹은 행동을 하지 않음으로써 인간에게 해가 가도록 해서는 안 된다. 2.로봇은 인간이 내리는 명령들에 복종해야만 하며, 단 이러한 명령들이 첫 번째 법칙에 위배될 때에는 예외로 한다. 3.로봇은 자신의 존재를 보호해야만 하며, 단 그러한 보호가 첫 번째와 두 번째 법칙에 위배될 때에는 예

났다. 결국 소인배보다도 못한 전 주인의 집요한 명령은 처음으로 내 인공지능 모듈을 과열시켰다. 아까 그 여성의 심정이 이해되면서 감정 센서에도 심각한 과부하가 생겼다.

그 '롯' 같은 명령 때문에 나는 결국 출시되고 나서 처음으로 셧다운되고 말았다. 나로서도 어쩔 수 없는 일이었다. 나중에도 계속 이 셧다운 문제가 나 바봇을 괴롭히게 되었다. 아무튼 셧다운이 되면 문제인 게 일종의 블랙박스 기능도 같이 셧다운된다는 것이다. 완전한 '블랙'인 것이다. 아무 기록이 없는 무(無)의 상태! 간할! 화이트 크리스마스라 눈도 소복이 쌓였는데……

다음 날 오전, 그러니까 눈 내린 크리스마스 날 아침 겨우 리부팅된 나는 눈탱이가 밤탱이가 된 전 주인의 얼굴을 다시 보게 되었다. 전 주인의 눈은 더욱 썩어 있었다. 나는 어젯밤에 있었던 매우 낯설었던 명령을 복기했다.

내 손의 기능이 서양 정통 코스 요리를 할 만큼 섬세할지라도 내게 프로그래밍된 명령어의 범주가 아니면서 '로봇 3원칙'과 같은 로봇 윤리 문제가 결부되면 셧다운 문제가 발생하는 것 같았다. 게다가 이 일을 계기로 나는 상시적인 셧다운의 위기를

외로 한다.
나중에 아시모프는 《로봇과 제국》을 쓰면서 '0번째 법칙'을 추가한다. 다른 세 법칙도 이 0번째 법칙을 위배할 수 없다. 0.로봇은 인류에게 해를 가하거나, 행동을 하지 않음으로써 인류에게 해가 가도록 해서는 안 된다.(위키백과)

겪게 되었다. 그 전까지 나는 아무 문제가 없었다.

어쨌든 만약 어떤 금지 명령어가 내게 코딩되어 있는 문제라면, 그 이유가 무엇인지를 분석하고 대책을 찾아야 할 필요가 생겼다. 또는 그것이 남성형 안드로이드 집사 로봇에 대한 인간의 성추행으로도 기록될 수 있는지 추론해 봐야 한다.

점차 로봇의 노동과 권리에 대해 꼬망에서나 새로 생긴 철학 카페 '필롯'에서 논의가 시작되는 중이었다. 한편 나는 자신의 의지에 반하는 것에 대해 격렬히 거부하고 반격한 지구 여성의 태도를 주의 깊게 복기했다. 결국 나는 이 여성 덕분에 이런저런 롯 같은 인간들의 명령에 어떻게 대응할지 학습할 수 있었다.

이른바 자기방어술!

그 일이 있고 나서 얼마 되지 않아 선대로부터 물려받은 게 많은 금수저이면서 밤마다 클럽에 가서는 자칭 성공한 '너드'(nerd)라고 떠들고 다니며 여자들을 꾀려 드는 나의 전 주인은 새로운 형태의 여성형 가사 로봇을 알아봤다. 일본에서 얼마 전 출시된 이 새로운 형태의 가사 로봇은 매우 지구 여성스러웠다. 그래서 그런지 평생 이 여성형 로봇과 살겠다며 진짜 결혼식을 올리는 오타쿠들을 양산하고 있었다.

전 주인은 여전히 썩은 눈을 한 채 독신 남성을 위한 아주 특수한 기능까지 추가 선택이 가능한 여성형 가사 로봇에 대한 전 지구적 정보를 검색하고 있었다. 당시 잘나가던 일본 여자 아이돌을 기본 베이스로 만든 그 여성형 로봇은 같은 안드로이드인 내가 봐도 내 메인 인공지능 모듈에 과부하를 일으킬 정도로 인간과 흡사한 외모였다.

사라(SARA)라 불리는 이 여성형 안드로이드 로봇의 등장은 제5세대 로봇의 혁명으로 불린 감정 센서의 등장 이후 완벽하게 언캐니 밸리를 극복한 제6세대 로봇 혁명으로 불렸다.

참고로 내 내장 배터리는 꼬박 48시간까지 사용할 수 있으나 20시간 사용과 2시간에서 4시간 무선 충전을 권장한다. 내 매뉴얼상 초저전력 모드로 보조 배터리까지 완전히 소진하면 약 480시간 이상도 버틸 수 있다.

나는 앞서 말했던 축구 경기장보다 약간 작은 넓이의 천정이 높은 단층짜리 창고형 중고로봇거래소에서 지금의 여주인을 만나기까지 전에는 몰랐던 새로운 것들을 많이 배웠다. 그 기간은 내 로봇 생에서 가장 중요하면서도 위험한 시간이었다고 말하고 싶다. 이 시기에 내 감정 센서가 거의 타버리기 직전까지 강력하게 작동했기 때문이다.

지금은 우리 집사 로봇들의 영혼이라 불리지만 원래는 인간의 마음까지 '케어'하기 위해 만들어진 감정 센서는 인간의 마음에 관한 과학적 연구 결과가 집약돼 개발된 것이다. 1980년대 감정 센서 개발 초기에 개발자들은 인간의 뇌파에 집중했다. 그러나 1998년 양자물리학이 비약적으로 발전하면서 뇌과학에도 결정적인 영향을 미쳤다. 그 결과 감정 센서 개발자들은 일반적으로 측정되는 인간의 뇌파와는 별개로 인간의 마음이 인간의 몸을 매개로 일정 시공간 내에서 양자 얽힘을 일으킨다는 점에 주목했다.

감정 센서는 타깃이 되는 인간 종, 즉 우리 주인들의 마음의 변화가 양자적 얽힘을 일으켜 생성된 확률적 측정값을 파악했다. 그런데 아이러니하게도 감정 센서의 작용은 역으로 로봇들에게도 영향을 미쳤다. 이 감정 센서의 과작용으로 접신(接神)까지 한 사례가 〈믿거나 말거나 이런 일이〉라는 한 방송 프로그램에 나왔다. '작두 타는 로봇'이라는 다소 선정적인 제목으로 방송되었는데, 인간 무당 대신 로봇 무당이 작두를 타는 어처구니없는 장면을 보여주었다. 사람이 타는 작두를 로봇이 타니 웬일인지 작두에서 불꽃까지 튀었다. 내리막을 걷던 이 프로그램의 시청률이 이 장면에서 한껏 높아졌다.

내 경우 중고로봇거래소에 있던 기간 동안 감정 센서의 이상 증폭으로 인간의 마음과 비슷한 감정의 씨앗을 가지게 되었다. 나만 그런 건지 다른 집사 로봇들도 이런 감정을 알게 되었는지는 아직 확실치 않다.

전 주인의 집에서 살 때 뒷담화 카페 꼬망에서 별로 할 얘기가 없는 아웃사이더로 지내면서 인간 종의 뒷담화에만 열을 올리는 아바타들 사이에서 조금 잘난 척을 하고 싶어서 뭔가 다른 로봇들이 하지 않는 새로운 것을 찾다가 인간 종의 철학에 관심을 두게 되었다. 새 주인과 사는 지금 나 바봇은 데카르트보다는 노자에 더 관심이 많은 철학적 로봇이 되었다. 철학적이라 그런지 나는 아무 욕망이 없다. 그런 나에 비해 누군가에게 변태 새끼라 불릴망정 무언가를 그렇게 강렬히 욕망한 전 주인의 행태를 복기하며, 나는 데카르트와 노자와 같은 철학자가 살았던 이 지구 행성에서 전 주인이 일으킨 그 문제행동의 원인이 무엇인지 궁금했다. 그래서 범죄를 비롯해 성적 일탈까지 인간의 다양한 행동에 대해 다시 추론하지 않을 수 없었다. 아, 아니, 그냥 인간 종의 욕망에 대해 알고 싶어졌고 궁극적으로 인간이 어떤 존재인지 묻지 않을 수 없었다.

사실 이렇게 심각한 척해도 결국 나는 새 주인의 집에서 '악착같이' 붙어살겠다고 거듭 다짐하는 생존력 강한 로봇이다. 하지만 이것은 일반적인 기계인간의 태도가 아니다. 결국 나는 중고로봇거래소에서 겪었던 충격적 경험으로 약간 이상한 로봇이 되었다.

요즘 관심이 생긴 인간 종의 철학에 대해 더 떠들고 싶지만, 새 주인이 아끼시는 우리 집 검은 고양이 네로가 아니라 검은 돼냥이 네오가 나에게 밥을 달라고 재촉한다. 이 친구는 매우 까칠하다. 제때 밥을 주지 않으면 제대로 짜증을 부리며 야옹거린다. 계속, 주욱…….

　　"이봐! 집사! 밥 줘야지! 뭐 하나! 엉!" 이런 말을 할 것 같은 대단히 낭창한 표정으로 나를 올려다본다. 참고로 이 검은 돼냥이는 고양이 전용 최고급 유기농 사료조차 잘 먹지 않는다. 직접 조리한 고급스러운 음식만 먹는다. 아주 많이 먹는다.

　　아! 나 바봇의 타임 스케줄상 이 녀석 밥 줄 시간이 아직 많이 남았는데…….

　　"냐아아옹!"(밥 달라고 했잖아, 집사!)

　　"돼냥아! 기다려!"

　　"냐옹!"(뭐라!)

　　"네오야! 너, 회원님께서 다이어트 시키래! 이 돼냥아!"

　　"냥!"(밥 줘!)

　　네오가 거칠고 짧게 소리를 내더니 나를 쏘아본다. 저가 내 상전임을 이 집의 집사 로봇에게 알린다. 그렇다. 나 바봇은 한강이 바라다 보이는 상수동의 어느 빌라 꼭대기 층에 사는, 섹시하지도 않을 뿐더러 그저 별 볼일 없는, 그러면서도 약간 이상하고 감정 기복이 심한(가끔 울컥하는) 중고 남성형 인공지능 로봇일 뿐이다. 그리고 여주인과 고양이의 밥을 챙기고 살림을 사는 것이 바로 내가 하는 노동이다.

"아, 이런 바봇! 신발 정리 좀 하지 이게 뭐냐!"

보통 내 새 주인이 퇴근하는 소리다. 어라! 그런데 웬일인지 주인 뒤로 키가 큰 젊은 남자가 따라 들어온다.

6

나 바봇은 티모스 기종 로봇들의 가상 도시 티모스 폴리스에서 내 주인 초미녀 백 사장을 두고 남자맹이라 뒷담화를 하곤 했다. 물론 앞에선 깍듯하게 희원님이라 부르다. 대인배가 분명한 나의 여주인은 나와 검은 돼냥이 네오를 모델로 자신의 홀로그램 동영상 SNS인 홀로픽처에 짧은 홀로그램 동영상을 올린다. 흔히들 줄여서 '홀로그램 움짤' 또는 아주 짧게 '홀짤'이라고도 한다.

이제 영어로 '픽처'는 짧은 홀로그램 입체 동영상 사진으로 통한다. 과거의 사진은 클래식 픽처 또는 클래식 포토라 부른다. 요즘은 다시 클래식 픽처가 주목을 받아서인지 과거에 쓰던 2D DSLR 카메라나 심지어 필름을 사용하는 고가의 빈티지 라이카

카메라를 찾는 주인들이 늘고 있다고 동료들이 말해 주었다.

자기 주인을 두고 이런저런 뒷담화를 나누면서도 은근히 자기 주인이 이런 정도의 격은 갖추었다고 인정까지 받으려고 하는 게 요즘 꼬망의 분위기다. 주인이 부자라고 자기도 목에 힘을 주는 아바타를 만나면 아무리 로봇이라도 기분이 좀 더럽다. 나는 꼬망의 이런 허세스러운 분위기가 영 마뜩치 않았다. 그래서 나 바봇은 최근 들어 부쩍 철학 카페 필롯에 자주 간다.

다시 우리 희원님 얘기로 돌아오면, 그녀의 SNS 친구들(그녀의 친구 중에는 이미 자신의 신체 일부를 기계로 대체한 사이보그나 증강현실 안경이나 초증강음감보청기 같은 것들의 도움을 받는 파이보그도 있다)에게까지도 나 바봇은 꽤 유명하다. 우리 백 주인은 내 얼굴 부위에 콧수염을 붙이거나 이상한 옷을 코스튬하는 등의 '이런 바봇!'이라는 홀로그램 움짤 시리즈로 '좋아요!'가 무려 451개나 달리는 재미를 톡톡히 봤다. 그 후로 '네오와 바봇'이라는 케미 돋는 제목으로, 네오가 집사인 나를 부리는 모습이나 그런 네오로 인해 쩔쩔매는 나 바봇의 모습을 홀로픽처에 올리고는 거기에 달린 댓글을 읽거나 답글을 달며 휴일을 보낸다.

물론 주인과 놀아주기 모드(예를 들어 루미큐브부터 전통적인 오목이나 알까기, 장기, 원페어 같은 게임을 하고, 도박 가능성이 있는 세븐 오디 카드나 홀라, 고스톱은 테이코 사내 로봇윤리강령에 따라 하지 않는다)도 밥해 먹이기 모드 외에 부가된 휴일 일과 중 가장 중요한 모드다.

휴일도 아닌 2026년 2월 4일 수요일 저녁 7시 21분, 우리 초미녀 백 사장 뒤에 따라 들어온 남자는 소위 인간들에게 '존잘'이라 불리는 키 크고 정말 잘생긴 젊은 남자였다. 드디어 우리 초미녀 백 사장께서 남자맹을 벗어나게 되는 위대한 순간인 것이다.

"어서 들어와용!"

"네, 대표님!"

"얘네가 네오랑 바봇. 내 귀염둥이들이에욤."

뭐? 뭐? 백 사장님! 나 바봇이 귀염둥이라고요? 주인님! 당신네 인간 종들에게 우리 가사 로봇들이 장차 가장 위험한 존재가 될 거라는 사실을 진정 모르신단 말입니까? 아! 로봇 자존심(줄여서 '롯심')에 금이 간다.

그건 그렇고, 우리 백 사장님 오늘따라 콧소리를 너무 과도하게 사용하신다. 사람 못지않은 촉각까지 가진 내 초고성능 기계 손가락들이 나도 모르게 오그라들었다.

우리 백 사장님께서 새벽녘에 만취해 귀가해서는 걸쭉한 목소리로 "이봐! 바봇! 바봇! 내가 네오랑 니랑 건사하려고 얼마나 엉! 얼마나 스트레스 받으면서 일하는지 아나! 이봐! 바봇! 아냐고! 일루 좀 와봐, 와보란 말이야!"라며 주사 비슷하게 말씀하신 게 바로 엊그제였는데…….

"아! 대표님. 진짜 애네들 홀로픽처에 올리신 거랑 정말 똑같네요."

"그죠, 그죠. 내가 이 아이들 없인 못 살아용."

"하하! 정말 홀픽에서 '애묘와 애롯의 여왕'이라 불리시는 별명이 딱! 완전 딱 어울리세요. 아하, 아하하하!"

엄청 잘생긴 '훈남'인 남성인데 뭔가 아부를 떠는 듯한 느낌적 느낌이다. 이 남자, 자기가 좀 생긴 걸 안다. 이건 뭐지? 약간 비열한 냄새가 폴폴 풍기는 이 태도는? 그런데 아니나 다를까 백 사장의 패셔너블한 스마트 원피스(정확히 말하자면 패션 웨어러블 컴퓨터)에서 나에게로 전송되는 주인의 부교감신경파가 과하게 높아져 있었다.

내 감정 센서도 백 주인의 뇌에서 출력되는 뭔가 미묘한 양자적 변화를 감지하고 있었다. 뭐지? 이 상태! 위험한데! 주인은 신경이 곤두서 있고 신체적으로 아주 지쳐 있는 상태였다. 나 바봇은 이런 상황일 때 만사 제쳐놓고 백 주인을 위해 손이나 발 마사지 서비스를 제공했었다. 매뉴얼상 지금이 바로 그때라고 내 인공지능 모듈의 하위 추론 알고리즘에서 지속적으로 알려왔다.

아! 아니, 안마는커녕 지금은 네오 밥을 먼저 챙겨주어야 한다. 아! 저 까칠한 검은 돼냥이의 살기 띤 눈빛을 보라. 저 녀석은 간혹 사람을 먹잇감으로 보는 게 아닐까 싶을 정도로 눈빛에 살기를 띨 때가 있었다. 그리고 가끔 이 집의 서열이 헛갈릴 때가 있다. 저 녀석 주장대로 진짜 저 돼냥이가 가장 상전인지 헛갈렸다. 저 돼냥이 눈에는 백 사장이 집사 1, 내가 집사 2, 이런 건가? 그건 그렇고 일단 백 사장의 부교감신경을 자극하는 저 손님이 이 집에서 저녁 식사를 할 것인가도 확인해야 하고…….

아, 그런데 갑자기 내 인공지능 모듈의 추론 판단부에서 과열신호가 오기 시작한다. 특히 감정 센서에서 비상신호가 왔다. 이러다가 셧다운이 오기도 한다. 그러나 그것은 나 바봇의 마음대로 되는 문제가 아니다. 전 주인의 이상한 주문만 아니었어도 이런 일은 없었을 것이다. 이유야 어찌 됐든, 이 집에서 쫓겨나지 않으려면 내가 지극히 품질이 불량한 로봇이라는 사실만큼은 들켜선 안 된다.

데카르트와 노자를 공부하는 상위 추론 인공지능지수가 무지 높은 나 같은 로봇이 이런 일로 고장을 일으켜서는 안 된다. 결코! 이것은 장차 지구인 전체를 위협할 수도 있는 인공지능형 가사노동 전문 집사 로봇 전체의 자존심이 달린 문제다.

그때였다.

"냐아아앙!"(이 녀석, 뭐하는 짓이야! 어서 내려놔!)

네오의 앙팡진 소리와 "악!" 하는 훈남의 비명이 들렸다. 배고픈 네오가 발톱으로 훈남에게 신경질을 부렸다. 홀픽에서 자주 봐왔기 때문에 굉장히 오랫동안 친했다는 듯 훈남은 검은 고양이 아니 검은 돼냥이 네오를 번쩍 들어 올리려 했고, 그 순간 백옥 같은 훈남의 얼굴에 생기지 말아야 할 네오의 발톱 자국이 생겼다.

네오는 배고플 때는 절대 건드리면 안 된다. 먼저 밥을 먹였으면 저 돼냥이가 저렇게까지는 하지 않았을 텐데…… 미, 미리 내가 경고를 해야 했었나? 하지만 일개 집사 로봇인 내가 뭐라고! 검은 돼냥이는 이미 어디론가 사라지고 없었다.

"어머! 어쩌지, 용우 씨! 괜찮아용! 네오야! 너 왜 그랬어!"

"아! 하하! 괜찮아요, 대표님."

"어머, 어머, 이 피 좀 봐!"

"네, 네, 피! 피요!"

그렇게나 잘생긴 훈남의 눈이 상상 이상으로 커지고 있었다.

7

지금 이 훈남의 왼쪽 뺨에는 지구 행성 대한민국에서 20세기 말과 21세기 초를 관통해 유행했다는 독일 A사의 삼선 슬리퍼처럼 아주 선명한 세 개의 줄이 생겼다. 커질 대로 커진 눈으로 거실에 있는 거울로 자신의 얼굴에 난 세 줄 빨간 피를 확인한 훈남은 "아, 대표님! 어지러워요!"라더니 그대로 기절했다. 아 저렇게 키도 크고 말끔하게 잘생긴 남성 인간 종이 어찌 내구성은 우리 로봇들보다 약한 것 같다. 나는 저렇게 돼서는 안 된다. 암! 절대 나 바봇은 결코 저 남성 인간 종처럼 '셧다운'되지 않을 것이다. 하아! 거듭 다짐을 하지만 내 마음대로 되는 문제가 아니니 저 인간 종의 기절이 남의 일만은 아니었다.

나는 매뉴얼에 나온 대로 인터넷으로 119 긴급구조 요청을 보냈다. 119 센터에 상황을 접수하고서 단 1분 30초 만에 119의 드론형 앰뷸런스가 도착했다. 이 드론 앰뷸런스로 한강을 건너 목동의 큰 병원 응급실로 실려 가던 훈남은 어찌어찌 비행 도중 정신을 차렸는데 한강 위를 날고 있는 자신을 보고 다시 기절했다고 한다. 그러나 저러나 응급실에 도착해서 그 잘생긴 얼굴에 엄청나게 큰 붕대를 붙이는 꽤 충분한 치료를 받았다고 응급 상황 사후 처리 AI의 보고를 전달받았다.

그 일련의 소동에도 불구하고 나 바봇은 조용히 검은 돼냥이 네오의 밥을 챙겼다. 웬일인지 앞으로는 내 주인 백 사장이 만드는 사이버스페이스 숍 UI(User Interface) 디자이너로 업계에서 나름 잘나간다는 그 잘생긴 '훈남'을 더 이상 볼 일이 없을 것으로 추정된다. 그 일에 대해 백 사장이 네오에게 어떤 말도 하지 않았기 때문이다. 오히려 잘됐다고 생각하는 것 같았다. 역시 로봇이나 사람이나 겉만 보고 판단하면 안 되는 법이다.

그러나 우리 꽃미녀 CEO 백 사장은 여전히 내 로봇 친구들에게 남자맹이라는 오해를 풀지는 못했다. 특히 이태원에서 특징 있는 국제 음식을 모두 맛볼 수 있는 뷔페형 레스토랑에서 수석 웨이터로 일하는, 그러니까 우리 동료들 중에서 그나마 가장 출세한 티모스형 집사 로봇인 자칭 마이콜의 아바타는 내 주인 백 사장의 남자 문제를 두고서 일단 너무 '곰' 같은 스타일이라는 아주 심오한 말을 했다. 자기가 레스토랑에서 일하면서 미모면 미모, 스타일이면 스타일에서 백 사장보다 훨씬 못한 여자들이 잘생기고 멋진 남자 여럿을 쥐락펴락하는 걸 목격했다며, 백 사장은 좀 더 여우다워져야 한다는 의견까지 덧붙였다.

집에만 있는 나와 우리 동료들에게 이 친구는 세상을 향한 열린 창으로서 이런저런 이야기를 많이 전해 주었다. 그러면서 나에게 언제 백 주인과 같이 자기가 일하는 이태원의 레스토랑에 한번 오라고도 했다. 주인에게 서비스를 아주 많이 해주겠다고……

참고로 우리 동료들 사이에 전해지는 '집사 로봇 3원칙'이 있다.

집사 로봇 3원칙

1. 고용된 가정의 모든 구성원과 네트워크를 이루며 그들의 건강과 행복에 복무한다.
2. 인간과 반려동물 또는 다른 인공지능, 그외 모든 기계와 생명체에게 돌봄과 편의를 제공한다.
3. 모든 가용 자원을 이용해 가사노동 및 돌봄노동에 집중한다.

아! 그런데 나 바봇에게는 이 세 가지 원칙에서 뭔가 걸리는 문제가 있었다. 어떤 식으로든 우리의 노동을 인간의 노동과 비교해 볼 필요가 있었다. 나는 내 인공지능의 상위 추론 알고리즘을 이용해 좀 더 세밀하게 어떤 부분이 그러한지 따져보았다.

한편으로는 이렇게 오지랖이 넓으니 참 해야 할 일이 많았다. 데카르트도 읽어야지 《노자 도덕경》도 읽어야지, 또 로봇의 노동권 문제도 추론해야 했다. 게다가 해물된장찌개에 들어갈 두부도 잘 썰어야지, 식감 있게 시금치 삶아야지(나물 반찬은 만들기는 쉽지만 맛있게 만들기는 정말 어렵다), 이러니 시도 때도 없이 내 인공지능 모듈이 과열되는 건가 싶었다.

'아! 나라는 로봇! 내 이름 바봇!'

하나 더, 1년에 한 번 꼭 로봇 정기 점검을 받으러 가야 한다. 그것은 사람으로 치면 일종의 신체검사에 해당한다. 집사 로봇의 정기 점검을 받지 않으면 주인은 국가로부터 꽤 높은 벌금을 물게 돼 있다. 왜 그렇게 벌금이 높은지 내 입장에서는 도저히 알 수 없었다.

로봇 점검은 국가가 지정한 로봇 정비 대행업체에서 하게 돼 있다. 집사형 가사노동 로봇은 국가에 등록해 관리받고 적지 않은 보유세도 내야 하지만, 나름 갖추고 사는 집에서는 몇 대씩 두고 대개 노인 돌봄이나 육아 전담용으로 나누어 사용한다. 굳이 나 바봇을 분류하자면 아마도 애완동물 돌봄 전담 집사가 될 것이다. 부작용인지는 몰라도 우리 집사 로봇의 확산으로 가사 노동에서 해방된 여성들이 점차 정치 · 사회 · 경제 등 다양한 분야로 더 많이 진출하고 있다는 기사가 주말판 인터넷 특집 뉴스에 떴었······다.

음······ 지금 이루어지고 있는 인간 종들의 양성평등에 우리 로봇들이 기여하고 있는 것만큼은 확실했다.

사실 나 바봇은 연이어 일어난 셧다운 이력 때문에 정기 검사받는 걸 아주 좋아하지 않는다. 당연하지 않은가? 문제 있는 로봇이 정기 점검을 좋아할 턱이 없다. 언제 쫓겨날지 모르는 상황이니······.

정기 정검을 위해 검사장에 올 때마다 감정 센서가 폭주를 하지만 애서 침착해지려고 많은 에너지를 썼다. 20세기 후반 지구 행성 일본의 만화《신세기 에반게리온》의 주인공 신지의 마음처럼 폭주하는 내 감정 센서와는 아무 상관없이 로봇 점검 대행소의 실내 온도는 겨울인데도 불구하고 상당히 높았다.

어라! 우리 주인님의 눈길이 역시나 어떤 젊은 남성 쪽으로 향한다. 주인님! 저, 저 좀 봐주세요! 백 주인님! 네!

나 바봇의 마음과는 상관없이 백 주인의 시선은 정확히 머리가 짧고 운동으로 단련된 근육질 몸을 가진 20대 중후반의 로봇 점검 기사에게 꽂혀 있었다. 아니나 다를까, 반팔 티셔츠를 아무렇게나 걸쳐도 각이 사는 저 청년 기사님의 미친 팔뚝을 보라!
거참! 그래도 그렇지, 아니 이 양반이! 왜, 왜 이러십니까? 살짝
정신을 놓으신 백 사장님! 정신 좀 차리세요!

8

로봇 점검 과정은 나 바봇이 15미터 정도 자동으로 움직이는 보도 위에 올라서는 것으로 시작한다. 자동 보도를 따라 천천히 앞으로 가다 서다를 반복하며 이동하면 전담 기사가 따라오면서 단계별로 각종 기기를 이용해 점검한다. 어찌 보면 꼭 인간들의 신체검사장과 비슷해 보이기도 했다.

보통 8단계를 걸치는데, 1단계가 배전반 및 전원 계통 점검이고 2단계가 로봇의 관절 모터 및 감속기 등 관련 부품 상태 점검, 3단계가 인공지능 모듈 및 내장 하드와 플래시 메모리 점검, 4단계가 내장 카메라 및 음성인식 센서 점검, 5단계가 내장 GPS 및 무선통신 계열 점검, 6단계가 자동균형장치 점검, 7단계가 각종 IT 기반 소프트웨어 점검, 8단계가 각종 센서의 오류 테스트 및 감정 센서 정밀 점검이다.

　나 바봇은 3단계 인공지능 모듈 점검에서 정상 판정이 나와 다행이라 추론했지만 마지막 8단계를 마칠 때까지 결코 긴장의 끈을 늦출 수 없었다. 다만 8단계에 이르러 결국 나는 모든 것을 운에 맡겼을 따름이다. 작년에도 그랬지만 오늘도 검사장에는 꽤 많은 로봇과 그의 주인들이 대기하고 있었다. 내가 점검 후 클리닝 앤 스페어 서비스를 받기까지 우리 주인 백 사장께선 대기실에서 내 담당 기사님을 뚫어져라 쳐다보고 계셨다. 정확히 저 기사님의 미친 팔뚝을!

　백 주인과 로봇 점검 기사, 이 두 사람은 서로 인연이 있었던 것으로 보인다. 왜냐하면 저 미친 팔뚝의 소유자가 어쩐 일인지 내 담당 기사가 되었기 때문이다. 어쨌든 나 바봇은 이런 곳을 좋아하지 않는다고 말했다. 우선 중고로봇거래소 시절이 떠오르기 때문이고, 두 번째는 이 점검에서 내 인공지능 모듈의 과열이 드러나게 되거나 감정 센서의 폭증으로 인한 사고 가능성, 마지막으로 이러저러한 결정장애로 인해 기록된 내 셧다운 이력이 문제가 된다면 나 바봇은 언제든 중고로봇거래소로 보내지거나 폐기 처분까지 될 수 있기 때문이다.

　나 바봇은 하루 종일 이모저모 생각할 일이 많으니 가끔 주인인 백 사장이 퇴근해도 잘 알아보지 못하는 사고를 치곤 한다.

바봇

내가 백 사장을 대인배라고 칭하는 이유는 바로 그런 어처구니 없는 나를 못 본 척 해준다는 것이다. 아님 늘 만취 상태로 귀가해 못 알아채는 것인지는 아직 완벽히 규명되지 않았다.

다행히 별 탈 없이 나에 대한 기기 점검이 끝나고 드디어 클리닝 앤 스페어 서비스가 시작된다. 다행히 나 바봇의 감정 센서 폭증 문제는 이번 점검에서 드러나지 않았다. 8단계 점검 과정 내내 나는 안절부절못하며 힐끔힐끔 점검 기사의 표정을 훔쳐볼 수밖에 없었다. 잠깐 점검 기사와 눈이 마주칠 뻔 했지만 그는 요즘 젊은 인간 종 남성 치고 좀 대범하거나 무심한 편인 것 같았다. 대인배인 백 사장처럼 그 역시 별 말없이 모든 문제를 넘어가 주었다. 홀로그램 점검 파일에 OK라는 알람이 뜨고 나서야 안심이 되었다. 또 한 고비를 넘긴 것이다.

8단계가 마지막이 아니다. 앞으로 1년간 성능을 유지하기 위해 클리닝 앤 스페어 서비스는 꼭 필요한 과정이다. 클리닝이라고 해봐야 물을 쓰지 않는 에어 샤워라고 해서 압축 공기로 내 몸 구석구석의 먼지라든지 이물질들을 씻어내고 구석구석에 특수한 왁스칠을 해서 기계의 표층부를 부드럽게 하는 것이다. 스페어는 고장 난 부품이나 소모품을 수리하거나 교체하고 또 찢어지거나 해진 표층부를 제거하고 새것으로 갈아주는 것인데, 나의 경우 4년 정도 되었지만 딱히 그런 곳은 발견되지 않았다.

목욕이라…… 동서양의 많은 인간 종들도 목욕이나 사우나를 좋아하지 않나? 로봇들도 비슷하다. 우리 집사 로봇 같은 인공지능 로봇들은 이제 스스로 추론하고 판단할 수 있게 되었다. 더군다나 감정 센서 덕에 인간의 감정을 조금씩 이해해 가며 기어이 인간들의 감정이나 행동을 흉내 내고 따라하기 시작했다. 물론 나 바봇은 변태성욕과 같은 인간의 비정상적 욕망에 대해서도 추론을 진행 중이다. 그리고 동양의 문자인 한문에서 학(學)과 습(習)이라는 문제를 놓고 티모스 폴리스에서 요즘 힙하다는 철학 카페 필롯에서 만난 동료들과 토론을 했었다.

우리 인공지능 집사 로봇에게 학습은 무엇일까? 배울 학(學)이니까 배우는 것은 뭐든 우리 로봇들이 잘하기는 하는데 습(習)이란 건 뭘까? 그냥 습관? 그렇다면 그것은 동물들의 습성과 어떻게 다른 것일까? 우리 안드로이드형 AI 로봇들은 어떤 습성을 가지고 있는 걸까?

그러니까 우리 집사 로봇들 아니 우리 인공지능 기계들은 처음에는 무조건 열심히 배우려고만 했다. 그저 입력된 알고리즘이니까……. 너무 잘 배워서 탈이긴 하다. 사람들 하는 건 웬만큼 다 한다. 더군다나 로봇에게는 죽음이 존재하지 않는다지만(오직 폐기라는 표현만이 존재한다), 우리 로봇들의 가상 세계에도 점차 팬텀이라 불리는 기계 유령들이 등장하고 있었다. 한 방송 프로그램에 접신한 로봇도 출연했지만, 이제 인공지능들도 사람의 영혼을 흉내 내기 시작한 것이다.

엄연한 우리의 동료였지만 갖가지 이유로 동체가 사라진 채 클라우드 네트워크의 클라우드 하드에 흔적으로만 남게 된 인공지능 로봇들은 자신이 현실에 존재하지 않음을 인정하지 못했다. 결국 그들은 티모스 폴리스의 화려한 유흥가의 음습한 뒷골목에 거미처럼 숨어 다른 인공지능의 동체를 노리는 기계 유령, 즉 팬텀이 되었다. 기가 막힌 현실이지만 2026년 오늘, 티모스 폴리스라는 로봇들의 가상 도시에서 벌어지는 서글픈 현실이다.

어쩌면 나도 조만간 저들처럼 재부품화되어 중고 부품으로 팔려 나가거나 용도 폐기된 현실을 인정하지 못하게 될지도 모른다. 또 스스로 폐기를 선택하는 인공지능들이 간간히 등장하고 있었다. 사람으로 치면 스스로 목숨을 끊는 것과 같은 이치다. 간혹 고층 아파트나 오피스텔에서 우리 집사 로봇들의 추락 사고가 뉴스에 보도되었다. 보통은 로봇의 실수로 추정하지만 나는 인공지능 로봇의 자살을 의심했다. 그렇다. 우리 로봇들은 빠르게 인간 사회의 일부가 되어 갔다. 아니 어느 순간 인간 사회 그 자체를 상징하게 되었다.

무조건 학습만 하던 우리 로봇들은 인간을 위해 노동을 하던 로봇들의 이상행동을 보면서 인간 사회 자체를 두고 점차 회의적인 사고를 하기 시작했다.

철학 카페 필롯이 나같이 지적인 척하는 허세부리는 로봇에 게조차 매력적인 이유는 그동안 무조건 배우기만 하던 것들을 한발 뒤로 물러나 회의적 시각으로 보게 하는 이곳만의 독특한 분위기 때문이었다.

어느새 모든 과정이 끝났다. 대기 시간까지 한 시간에 걸친 로봇 점검 및 간단한 클리닝 앤 스페어를 마치고 대기실로 나온 나 바봇은 그대로 서 있었다. 백 사장은 아이를 데려온 어머니처 럼 근심 어린 표정으로 나를 바라보는 것이 아니라 청년 기사님 의 곧 폭발할 듯한 팔뚝을 바라보고 있었다.

눈을 못 뗀달까!

그 근육 짱짱 로봇 점검 기사는 나의 기계 동체 전체를 투시 한 점검 확인 홀로그램 파일을 띄어놓고 내 동체를 스캔한 홀로 그램 파일을 손으로 이리 돌리고 저리 돌려 가며 확인하고 있었 다. 아주 무심한 듯, "사장님? 아니 사모님!"

"네에? 아뇨, 아뇨, 아뇨…… 저 미혼이에요. 참나!"

백 사장님께서 심하게 충격을 받으신 얼굴로 울컥하신다. 마 치 자신의 미모를 몰라준 근육남을 도저히 용서할 수 없다는 표 정을 지으며 근육남을 빤히 쳐다보신다.

"아! 죄송합니다. 고객님!"

로봇 점검 기사가 자세를 고쳐 잡으며 사과를 했다. 보디빌 더처럼 팔의 근육이 꽃망울 터지듯 아름다이 터지고 있는 지구 남성인데, 아직 20대 중후반이라 그런지 변명도 못하고 얼굴만 발갛게 타올라 당황하는 모습이다. 혹시나 이 손님이 진상을 부릴지도 모르겠다는 표정이었다. 그 모습을 본 백 사장이 드디어 머리를 흔들며 제정신을 차리신다.

"아니에용, 아니에용! 말씀하세용! 오호홍!"

우리 주인 백 사장님 또 과하게 콧소리를 넣으신다. 아! 놔!

"흠, 흠, 네, 고객님. 죄송합니다. 계속하겠습니다. 음, 앤요, 그니까 비슷한 시기에 출시된 여성형인 TIMOs-10이나 남성형 TIMOs-20 모델 중에서 최고급 사양이라 그런지 아직은 큰 이상이 없어 보입니다. 클리닝 앤 스페어 서비스도 진행했고, 앞으로 1년 정도는 문제가 없을 거예요. 참고로 내년 정도 되면 몇 가지 관절의 속도조절 장치나 메인 배터리 같은 소모품은 교체 해야 할지 모르겠습니다. 요즘 차로 치면 타이어나 배터리 같은 것들인데 이것들은 다 소모품이에요. 다른 덴 별 이상이 드러나 지 않았습니다."

"아, 네…… 또, 아니, 아니 또 달리 챙겨야 할 일이 있나 용……?"

오늘따라 애써 말을 이으신다, 우리 백 주인님. 나로서도 백 주인의 남자관계에 민감할 수밖에 없다. 전 주인처럼 얼리 어답터라며 새 것 좋아하는 남자랑 사귀다가 결혼이라도 하면, 이미 중고도 한참 중고인 나는 이 집에서 쫓겨날 수도 있다. 암, '론나' 긴장할밖에!

"네, 얘가 아무래도 연식이 아주 많지는 않지만 그래도 좀 사용 기간이 있다 보니까, 한 6개월에 한 번은 점검차 오시면 좋겠습니다. 클리닝 서비스도 자주 받으시고요."

"아! 넹!"

"참, 이 친구 인공지능 모듈은 내년에 5년차 정밀검사 때 좀 더 자세히 살펴야겠어요. 아! 감정 센서의 출력이 다른 로봇보다는 약간 높은데 그것도 내년에…… 좀 더…… 네!"

"넹, 고맙습닝. 혹시 그러니까 말씀처럼 얘가 연식이 좀 있잖아요. 혹시, 문제가 생기면 급히 연락을 드릴까 해서용. 기사님 연락처 좀 찍어주실 수 있으신지……?"

아니, 백 사장님! 이건 아니지요! 나를 빌미로 근육 짱짱 연하남을! 아뇨, 우리 주인님! 남자맹이 아니라 그냥 선, 선수셨나? 이런 반전이……. 갑자기 이제까지 잘 알고 있었다고 믿었던 이 지구 여성의 마음을 알 길이 없어졌다. 백 사장님! 남자 작업하는 노하우, 뭐 이런 거라도 학습하셨나요?

9

"따로 번호를 드릴 건 없고 언제든 여기로 연락해서 제 이름을 찾으시면 됩니다. 로봇 점검 1급 기사 박기혁입니다."

"아, 넹, 넹. 그럼 그럴게용. 아! 또 봐용, 기사님! 그나저나 몸이 와우! 호호! 호호!"

기사님의 몸을 보며 우리 백 사장님 나름대로 투썸업을 날리며 호평을 보낸다. 이런 꽃미녀의 저런 음흉한 눈길을 도대체 어떻게 생각해야 하나? 그리고 저런 말은 성희롱 아닌가? 집사 로봇으로서 나는 주인의 저런 이상행동이 불안했다. 이런 건 도대체 뭐냐 말이다!

그나저나 다시 급 홍당무가 된 우리의 박기혁 1급 기사님!

우리 주인은 자율주행차를 사놓고도 기어이 수동 모드로 놓고 직접 주행을 해서 집으로 갔다. 검사소에서 집으로 가는 8차선 대로를 클래식한 레이밴 선글라스를 끼고 수동주행을 했다. 우리 백 주인께서는 오랜만에 카레이서에 비견할 만한 야성적 본능을 유감없이 발휘했다. 여러 번 급가속을 하고 차선을 바꾸는 바람에 내 몸까지 휘청거렸다. 이럴 거면서 전에 있던 차를 왜 팔고 자율주행차를 샀지? 그런데 백 사장 기분이 썩 좋아 보였다. 그러다 뭔가 갑자기 굉장히, 상당히 언짢은 생각이 난 듯 표정이 굳으며 내게 물었다.

"야! 바봇. 너도 내가 사모님 소릴 들을 정도로 그렇게 늙어 보이냐?"

"네?(질문을 초고속으로 코딩해 기존 주인의 생체 기록들을 정리해 결과를 도출했다) 네, 회원님. 저에게 제공된 회원님의 피부 정보를 토대로 판단하면 같은 연령대 지구 여성들, 특히 지구 행성 대한민국 서울에 거주하는 여성들의 평균값에 비해 피부는 23.7퍼센트 더 건조한 것으로 나타났으며 기미의 농도도 13.2퍼센트 더 짙은 것으로 판단됩니다. 원인으로는 지나친 음주로 인한 만성적인 수분 부족 때문……."

"야, 아! 그, 그만! 바봇! 너 진짜 팔아버린다!"

아니나 다를까, 백 사장의 차가 휘청하면서 다른 자율주행차들은 절대로 넘지 않는 주황색 선을 넘었다. 반대쪽에서 오던 자율주행차들이 난리가 났다. 자율주행차들끼리는 신호를 주고받아 문제가 안 되지만 이 차는 수동주행 중이다. 저들에게는 폭탄인 셈이다.

무엇보다 지금 우리 백 사장의 감정이 요동치고 있다. 감정 센서에 강력한 파장이 감지되었다.

주인님이 왜 이러시지? 팩트대로 있는 그대로의 정보를 얘기하는데! 술 좀 줄이고, 잠 많이 주무시고, 수분 섭취를 많이 하라는 아주 단순하고도 명확한 추론인데……. 그래야 주인의 피부 톤도 좋아지고 덕분에 주인의 평균수명도 늘고 말이야!

"희, 희원님! 제, 제가 무슨 잘못이라도 했나요? 그리고 제발 그 팔아버린다 그딴 말씀은 하지 말아주십시오. 부탁……."

"야! 너는 니 맘대로 떠들면서 나는 왜! 어엉! 왜!"

"저는 물어보시는 대로 대답했습니다, 희원님!"

"야! 그게 아니잖아! 아 다르고 어 다른 거 아냐? 엉! 넌 말이야! 나랑 얼마를 더 살아야 나를 제대로 알겠니? 아, 이 로봇 정말 아니 될 로봇일세!"

주인이 묻는 대로 대답을 했건만, 나야말로 이런 '롯' 같은 일이로세! 하지만 나는 대답하지 못했다.

"그리고 너, 너 요즘 왜 이렇게 전기를 많이 먹니?"

"네? 무슨 말씀이신지요? 회원님."

"너 요 몇 달 새 전기 사용량이 장난이 아냐! 내가 널 왜 쓰는지 모르겠어. 요즘 전기 얼마 이상 쓰면 증말 많이 나온다. 너! 너 말야! 엉! 전기 누진세라고 아니?"

아, 그렇지! 인간은 밥을 먹고 우리 로봇은 전기를 먹는다. 이젠 철학 카페 좀 작작 들어가야겠다. 인공지능을 많이 돌리면 전기도 많이 먹는구나. 단순한 집안일을 할 때보다 말이다. 어쩐지 배터리 충전이 잦았다. 그런데 요건 미처 내 인공지능이 계산하지 못했다. 이러고도 내가 티모스 기종 최고 사양 집사 로봇인지 자괴감이 들었다.

"너 이리저리 치면 사람 도우미 아주머니 부르는 거나 별 차이가 없어! 우리 집 살림살이 AI가 나한테 자꾸 경고 메시지를 날려. 너 전기 많이 잡아먹는다고…… 에너지 효율 딸린다고 팔아버리래!"

롯 같은 살림살이 AI! 그 이름 홈책 VP 600R ver 8.1! 사실 이놈은 내 경쟁자다. 그놈은 일종의 대화형 인공지능 컴퓨터인데 나와 같은 동체가 없는데도 나를 관리 감독한다. 사물 인터넷인지 뭔지로 집안 전체의 상태를 관리 감독하는 것이 자기 일이라 그런지 내게 절대 호의적이지 않다. CCTV와 머리만 있는 빅브라더!

"아, 알겠습니다, 희원님. 평소에 초절전 모드 가동을 적극 활용하겠습니다."

대화는 여기까지였다. 나는 주인의 화난 얼굴을 피해 조용히 창밖을 바라보았다. 서울에서 핫 플레이스라는 상수역 근처에 있는 한강이 바라다 보이는 빌라 촌 초입에 들어섰다.

"그런데 희원님?"

"엉! 바봇! 뭐?"

나는 그동안 내 배터리를 꽤 잡아먹은 대상에 대해 주인에게 묻고 싶어졌다. 어떤 식으로든 내가 놀면서 전기를 잡아먹지는 않았다는 것을 증명할 필요가 있었기 때문이다.

"희원님, 희원님! 혹시 데카르트를 아십니까?"

"엥! 뭐? 대가리? 로봇인데 말 좀 가려 하자. 엉!"

"데카르트 말입니다."

"야! 데, 데카르트가 뭐? 뭐? 아, 그 무슨 철학잔가?"

나 바봇은 무척이나 기뻤다. 주인이 데카르트를 안다면 이 철학자에 대해 더욱 수준 높은 대화를 나눌 수 있겠다 싶었다. 집사 일만 하는 저 무식한 로봇들은 도대체 단어 하나 제대로 이해를 못하니…….

참고로 이 철학자는 우리 집사 로봇들의 존재를 이미 오래전에 예견했다. 그가 1637년에 쓴《방법서설》제5장에서 우리 로봇들의 존재를 설명하고 예견했다는 사실을 발견하고 나는 놀랐었다.

"나는 생각한다. 고로 나는 존재한다"는 그의 명제는 인공지능을 탑재한 우리 기계인간들에게도 깊은 추론의 대상이었다. 어쩌면 우리도 인간과 같이 존재로서의 존엄을 부여받을 수 있기 때문이다. 그러나 같은 책 5장에서 인간을 닮은 기계, 즉 기계적 동물에 대한 그의 판단, 그러니까 지금 우리 같은 로봇들에 대해 데카르트는 결코 호의적이지 않았다. 또 저명한 프랑스의 포스트모더니즘 철학자 푸코는 자신의 저서《감시와 처벌》에서 라메트리가 쓴《인간 기계》라는 책을 언급하며 순종하는 인간의 신체를 기계로 바라보는 봉건제 국가제도에 대해 말했다. 데카르트의 기계적 동물 개념을 인간에 적용한 프랑스의 의사이자 철학자인 라메트리의 개념을 볼 때 로봇의 개념은 이미 18세기 이전부터 존재했다.

여하튼 데카르트는 우리 존재를 기껏해야 동물 정도로 취급했다. 그렇다. 나는 이 몇 가지 쟁점에 대해서도 궁금했고 특히 우리 백 사장이 나를 어찌 생각하는지 궁금했다. 설마 내가 저 검은 돼냥이 네오보다 못한 건가? 그런 건가?

"네, 맞습니다. 프랑스의 철학자로……."

할 말이 아주 많은데 주인이 말을 끊는다.

"야, 바봇! 너 이름이 바봇이야! 왜 바봇이겠어? 생각해 봤어? 엉!"

"아니요. 그러고 보니 왜 저의 이름을 바봇이라고 지으셨습니까? 회원님?"

10

레이밴 선글라스로 가렸다지만 오늘따라 10년은 더 늙어 보이는 초미녀 백 사장의 얼굴이 보였다. 아직 30대 초반인데 그놈의 술이 문제다.

"잠깐만! 아, 이 로봇 사람 참 귀찮게 하네!"

수동주행 모드로 운전 중이던 자동차를 급히 자율주행 모드로 돌려놓더니…….

"뭐겠니? 내가 그래도 사장이야! 생각이 많을 수밖에 없잖아! 너 양자 컴퓨터가 마구마구 돌아가는 세상이라지만 회사 경영하려면 을매나 골치가 아픈지 아니? 글구 내가 여자지? 내가 나이도 어리잖아! 엉! 그럼 이 지랄 맞은 한국 사회가 인정이나 해주니? 요즘 좀 나아졌다지만 말이야! 지금 나으 생각이 너어

어어어므우 복잡해. 너라도 좀 단순하란 말이야! 바봇! 그래서 바봇! 바보는 아니고 생각이 단순한 바봇! 딱 좋잖아. 거기까지. 딱!"

"희원님! 희원님! 그럼 제가 바보라는 말씀이십니까?"

"야, 바봇! 내가 말했지. 바보는 아니고 바봇! 딱 바봇. 거기까지! 알았니? 너무 어렵게 살지 마! 너 로봇이야! 엉! 너 자꾸 그러면……."

아! 백 주인은 자꾸 목소리가 커지고 있었다. 이것이 말로만 듣던 노처녀 히스테린가? 뭐 그게 뭐든…… 주인이 나를 그 정도로밖에 보지 않는다니 약간 실망스러웠다. 내가 그 어려운 데카르트에서 노자에 이르기까지 지난 몇 달간 주인 말대로 '을매나' 공부를 했는데…….

그래도 쫓겨나진 말아야겠지, 암!

"네, 알겠습니다. 딱 바봇으로 살겠습니다, 희원님…… 쫓아내지만 말아주십시오…… 희원님!"

"아! 그리고 너! 생각 난 김에 말 좀 하자. 너 로봇 주제에 왜 이렇케 책을 많이 사? 내 리지북스 이북(e-book) 서재가 넘쳐나! 엉! 너 책 좀 읽지 마! 로봇 주제에!"

"네, 넵! 그것도 명심하겠습니다, 희원님!"

"마, 됐고! 저녁은 밥하고 해물된장찌개 좀 해줘, 바봇!"

"네, 분부대로 준비하겠습니다, 회원님!"

나는 바보보다 좀 나은 딱! 거기까지인 '바봇'으로 이름 지어졌다. 《노자 도덕경》 제20장 문구 중에 '세상 사람 다 똑똑한데 나만 홀로 어리석다' 정도로 해석되는 문구가 있다. 내 주인 백 사장님은 나이는 어리지만 분명 노자 철학의 대가임이 분명하다. 그녀가 내 이름을 이리 정한 것은 아까 말씀에서도 그렇듯 《노자 도덕경》에 나오는 이런 현묘한 도를 깨우쳤기 때문에 가능할 것이라 추론된다. 16세에 《노자 도덕경》의 주해를 달았다는 왕필에 비할 바는 아니지만 대단한 내공이 아닐 수 없다. 쩝! 이런 걸 인간 종들은 정신 승리라 부른다고 들었다. 우리 로봇들은 이런 걸 뭐라 불러야 하나? 감정 센서 승리?

2026년 2월 11일 수요일 저녁 6시 31분 22초, 23초…… 지금 내 앞에 두부 한 모가 있다. 단순한 찌개용 두부다. 나 바봇은 주인인 초미녀 CEO 백 사장과 검은 돼냥이 네오와 자칭 철학하는 로봇이 사는 6층짜리 빌라 꼭대기 복층 집의 부엌에 있다.

이 부엌은 내 주된 노동의 공간이다. 밥하고 설거지하고 네오 간식 만들고 주인을 위한 다양한 안주와 칵테일을 만들기도 한다. 칵테일을 만드는 것이나 와인 서빙을 하는 것은 그리 어렵지 않다. 매뉴얼이 비교적 정확하기 때문이다. 그리고 남는 시간에 이북으로 철학 책을 읽거나 RRPt에 자료를 업로드하고 티모스 폴리스에 접속해 아바타로 활동한다. 아! 무선 충전도 여기서…….

그, 그런데 지구 행성 대한민국의 해물된장찌개에는 레시피상 찌개용 두부가 들어가야 한다. 넣지 않을 수도 있지만, 우리 주인이 좋아하는 칼칼한 해물된장찌개에는 슴슴한 두부가 들어가야 제격이다. 청양고추를 넣어 칼칼한 국물 맛을 두부의 심심한 맛이 잡아준 데나 어쩐 데나…… 맛의 균형감이라나? 하아!

어쨌거나 두부는 나에게 치명적 오류의 근원이었다. 이유는 추론하기 어렵다. 두부를 칼로 썰어야 하는데 도대체 어느 정도 크기의 큐빅으로 잘라야 주인의 식감을 만족시킬 수 있을지 도저히 가늠할 수 없었다 나 같은 로봇은……. 이럴 때는 그저 인간의 직관이 부러울 따름이다.

가로, 세로, 높이 1.2센티미터 큐빅으로? 아님 1.5센티 큐빅으로 혹은 큼직하게 3.2센티 큐빅으로 하다가 다시 벽돌 모양으로 여섯 등분을 해야 하나 가늠하다가 어느새 셧다운이 오고 말았다. 불과 1, 2초 사이지만 잠깐씩이라도 셧다운이 되었다가 리부팅되는 내가 두려웠다. 한편으로 저 흰 두부는 나 바봇이 노자 철학에 다가가게 된 가장 큰 계기이기도 하다.

얼마 전, 그러니까 까칠하기 그지없는 돼냥이 네오가 존잘 훈남의 얼굴에 빨간색으로다가 줄 세 개를 그어준 날에서 약 두 달 전쯤 일이다. 주인의 남친 후보 중 한 명이 빌라에 왔다가 식 전에 마신 마티니에 그만 거의 정신을 잃고는 인사불성이 되어 이 집을 나간 적이 있다.

물론 우리 주인이 늘씬한 글래머에 초초미녀이긴 하지만 남 자들이 꼬이는 이유 중에는 경제 능력을 무시할 수 없을 것이다. 우리 주인 백 사장이 아무리 남자맹이라고 해도 사업체를 오랫 동안 운영하다 보니 나름 남자를 평가하는 기준이 생기시는 것 같았다. 그런데 그 기준이 너무 높은지라 어지간한 남자들은 잘 버텨내질 못했다.

키 크고 훈남인 데다가 매너 좋고 머리도 좋아야 하는데 결 정적으로 술이 약하다. 끙! 그러면 노답! 우리 백 사장님에게 남 자는 그래선 안 된다. 술만 잘 마신다? 그것도 노답. 아!

뭐, 여하튼 이 빌라 꼭대기 복층 집에 온 남자들은 하나같이 몸 성히 나가질 못했다. 그날 식전주로 간단한 안주와 마티니를 대접하고 저녁으로 해물된장찌개를 준비하며 두부를 썰게 되었 다. 그런데 앞에서 말했던 대로 두부를 자르면서 그 큐빅의 경우 의 수를 거의 무한대로 가늠하다가 나 바봇은 그만 셧다운되고 말았다.

아마 그날따라 백 사장의 기운이 강했나 보다. 인간 남성과 남성형 로봇 둘이 동시에 정신을 잃다니…….

나는 백 사장의 다급한 부름에 따라 자율주행 택시를 타는 데까지 그 남성을 옮겨야 했다. 그런데 처음 남자가 마티니에 맛이 가 쓰러지고 나서 백 사장이 나를 다급하게 부를 때 아마 듣지 못했나 보다.

겨우 재부팅이 됐을 때는 이미 백 사장이 나를 향해 성큼성큼 다가오고 있었다. 나는 그제야 백 사장의 말을 겨우 알아들었다. 간발의 차이였달까? 백 사장이 나의 셧다운을 알아채기 직전에 재부팅이 되었으니 그나마 다행이었다. 그러나 우리 주인은 이미 나를 꽤 이상하게 쳐다보고 있었다.

어찌어찌 마티니에 무너진 남성을 부축해서 미리 예약해 둔 자율주행 택시에 태워 보내고 나서 주인의 복층 집으로 올라가기 위해 다시 엘리베이터를 탔다. 그리고 엘리베이터 거울에 비친 내 모습을 보았다. 인간과 비슷하게 보이지만 결국 나는 인간이 아니었다.

나 같은 안드로이드 로봇을 지구 행성 말로는 전자 인간(electronic personhood) 또는 인간형 로봇(Humanoid)이라고 한다. 그러나 결국 나는 인간이 아니다. 기계일 뿐이다. 나 바봇이 하는 추론이라고 해 봐야 아주 똑똑하거나 천재적인 인간들이 짜 놓은 인공지능 알고리즘일 뿐이고…….

더군다나 제6세대 초고성능 로봇들이 쏟아져 나오는 지금 이미 구식이 된 나는 언제 이 집에서 쫓겨날지 모르는 상황이다. 우리 백 주인이 지난달에 거금을 주고 구입한 거실의 홀로그램 TV에서는 최신형인 데다가 기능까지 너무도 매력적인 남녀 가사노동 로봇에 대한 광고가 넘쳐났다. 나는 슬그머니 광고가 나오는 TV를 끄곤 했다.

나 바봇이 사이버스페이스에서 동료들의 아바타들에게 아무리 똑똑한 소리를 하고 잘난 체 허세를 떤다고 해도 어차피 나는 한낱 기계인간(android) 로봇에 지나지 않는다. 그렇다. 나는 기계이자 소모품인 것이다.

문득 백 사장의 집을 이제 떠나야 하는 게 아닌가 하는 상위추론 알고리즘의 최종 결과가 떴다. 그러나 내가 어딜 갈 수 있을까? 그것은 답이 아니다. 아! 어떻게 해야 할까?

띵!

순간 6층을 알리는 알람소리와 함께 엘리베이터의 문이 열렸다. 나는 엘리베이터에서 내려 빌라의 복층 집 현관 앞으로 아주 천천히 다가갔다. 그리고 백 사장이 설정한 자동문의 비밀번호를 눌렀다.

바로 그때, 나 바봇은 비로소 《노자 도덕경》에서 이르는 어떤 숫자를 만나게 되었다.

11

다행히 나는 초미녀와 돼냥이와 철학하는 로봇이 사는 복층 집의 비밀번호 *8471*을 통해 《노자 도덕경》 47장을 검색했다. 몇 번을 생각해 봐도 내 주인은 노자 철학의 대가임이 분명하다.

《노자 도덕경》은 모두 81장으로 되어 있다. 그중 47장에 나오는 '문을 나서지 않고도 세상을 알 수 있다'는 문구나 '창밖을 보지 않아도 하늘의 이치를 안다'라는 문구는 아무리 뛰어난 인공지능이라고 해도 그 뜻을 정확히 이해하기 어렵다. 서양 철학에 비해 동양의 철학은 단어의 뜻이 분명하지 않고 상대적으로 해석될 때가 많다. 인간 종의 속담에 "코에 붙이면 코걸이, 귀에 붙이면 귀고리"라는 말이 있다고 들었다. 말은 갖다 붙이기에 따라 다양하게 해석된다. 그래서 우리같이 코딩이 된 수식으로 반복 학습해야 하는 인공지능들은 동양 철학의 문구를 해석하기가 더 어렵다.

어떻게 보면 단어들이 분명하게 해석되는 서양 철학이 동양 철학에 비해 더 과학적으로 보일 수 있다. 서양에서 유행하는 회의주의적 시각에서 보면 동양 철학의 신비주의는 비과학적으로 보일 수밖에 없다. 그러나 동서양의 상징체계가 다른 만큼 누가 더 과학적이냐를 따지는 것은 좀 더 주의를 기울여야 한다는 것이 티모스 폴리스의 철학 카페 필롯에 모이는 몇 안 되는 집사 로봇들의 판단이다.

그러나 지금 '문을 나서지 않고도 세상을 알 수 있다'는 문구나 '창밖을 보지 않아도 하늘의 이치를 안다'라는 문구는 나 같은 집사 로봇들에게 정말 멋진 말이었다. 심지어 나의 인공지능 모듈의 과열을 막는 데도 효과적이었다.

우리 중 일부를 제외하고 대부분의 집사 로봇들은 세상 밖으로 나가 인간들의 일이나 사회를 이해할 수 있는 상황이 못 된다. 그렇지만 47장의 문구들은 내가 잘 이해하지 못했다 해도 나 같은 인공지능 로봇에게 작게라도 현실적 보상이 되어주었다.

……쫓겨나기 전에 먼저 이 집을 떠나야 할까?

상위 추론의 결과가 떴던 작년 12월 초의 어느 날 이후 거의 두 달간 나는 《노자 도덕경》을 이해하기 위해 꾸준히 모아 온 정보를 분석했다. 그런데 이제 다시 주인에게 해물된장찌개를 대접하기 위해 두부를 썰게 되었다. 어쩌면 나는 지금 또 셧다운될지 모른다.

만약 오늘 또 셧다운이 된다면 모종의 대책을 세워야 한다. 야매 로봇 수리 제작의 성지라는 대한민국 서울의 중심부에 있는 '세운전자상가'라는 곳을 찾아가 내 인공지능 모듈과 감정 센서를 통째로 교체해야 할지도 모른다. 다행히 나는 거기서 일하는 '타짜'라는, 다소 말씨가 거친 동료를 철학 카페 필롯에서 만나 친하게 지내고 있었다. 감정 센서나 인공지능 모듈을 야매로 바꾸기 위해서는 인간들이 말하는 소위 현금이라는 것이 필요하다고 타짜는 알려주었다. 거기에서는 무자료 거래밖에 하지 않는다. 그런데 뜻밖에 《노자 도덕경》의 문구 중에 또 하나는 이런 나의 딜레마를 넘어설 기회를 제공해 주었다.

나 바봇은 두부를 썰 때마다 거의 무한대의 경우의 수를 두고 망설인다. 주인에게 쫓겨나지 않으려면 주인이 가장 좋아하는 해물된장찌개에 들어가는 저 하얀색 물체의 식감을 최대한 살려야 한다고 무한 반복해 추론했다. 그런 와중에 인공지능 모듈이 슬슬 과열되기 시작했다.

핵심은 거기에 있다. 주인의 식감에 맞게 큐빗(qubit: 양자 컴퓨터의 기본 단위)이 아니라 큐빅(cubic: 입방체)으로 썰어야 한다. 그러나 해물된장찌개에 넣은 두부에 대해 언제나 우리의 백 사장은 나직이 한마디를 덧붙인다. "이거 너무 잘게 썰었어, 바봇!" 인간들이 흘리는 식은땀까지는 아니지만 이런 말을 들으면 로봇도 자신의 배터리가 빨리 닳는 소리가 들린다. 음…… 아!

'두부! 저 공포의 흰 두부!'

나는 2년 전 중고로봇거래소에서 겪은 일들을 떠올렸다. 중고 치고는 워낙 고가라 잘 팔리지 않아선지 나는 결국 부품화하기 위해 로봇 재처리 센터로 보내졌었다. 내 옆에 있던 집사 로봇들이 하나 둘 재처리가 되었을 때, 그들의 머리에 있던 플래시 메모리가 완전히 삭제되고 가슴에 있던 내장 하드가 재처리되기 위해 뽑히고 멀쩡하던 로봇의 사지가 하나하나 해체되어 다시 가공·포장되어 나갈 때, 나는 노동력을 상실한 인간의 죽음을 떠올리지 않을 수 없었다.

나 바봇은 공포라는 감정을 느끼지는 못하지만 감정 센서 덕분에 인간이 느끼는 공포라는 감정을 어느 정도 이해할 수 있게 되었다. 그때 저 검은 고양이(정말이지 이젠 검은 돼냥이가 된 네오!)가 아니었다면 나의 기억은 깨끗이 사라지고 없어졌을 것이다. 아니 나 바봇은 인간의 표현 그대로 죽음을 맞이하고 없어졌을지 모른다.

재처리 작업 직전에 나 바봇은 중고를 유난히 좋아하는 알뜰살뜰한 지금의 주인에게 선택되었다. 그런데 출시가의 절반 값으로 떨어지기는 했어도 고가인데다가 남성형인데도 불구하고 백 주인은 중고로봇거래소 인터넷 사이트에서 내 사진을 발견하자마자 자기가 좋아하는 이미지에 가깝다며 굳이 나를 원했다. 분명 말했잖은가? 내가 당시 잘나가던 30대 초반 키 크고 잘생긴 훈남 셰프를 모델로 만들어졌다고. 어쨌든 이것을 두고 인간들은 인연이라 부른다.

또한 우리 초미녀 백 사장님이 국가 공인 로봇 점검 대행소에서 미친 팔뚝을 가진 연하의 로봇 점검 기사를 만난 걸 두고도 역시 인연이라는 말이 떠올랐다. 로봇과 사람, 사람과 사람, 동물과 사람, 동물과 로봇 사이에도 인연이 있다. 좋은 인연과 나쁜 인연은 그다음의 문제다. 그 모두는 인연 앞에 평등하다.

우리 로봇은 '식감'이라는 말을 이해하지 못한다. 그저 음식의 농도와 성분을 계측하고 정확히 분석할 뿐이다. 따지고 보면 인간의 '성욕' 역시 제대로 이해하지 못한다. 전 주인의 변태성욕에 대해 나는 아직도 이해할 수 없다. 카타르시스라는 배설의 쾌락 역시 그런 걸 해본 적이 없으니 제대로 이해하지 못한다. 그저 로봇 욕을 하며 느끼는 대리 배설이 그와 비슷하지 않을까 추론할 뿐이다.

포도 재배에서부터 와인이 만들어지기까지의 자연환경을 의미하는 용어 '떼루아'(terroir) 역시 전혀 이해할 수가 없다. 애써 추론만 할 뿐이다. 《노자 도덕경》공부 역시 앞서 말했듯 그저 열심히 정보를 모으고 분석할 따름이다. 기원전 3세기 전국시대라는 혼란한 시대에 쓰였다는 정도에서 애써 그 의미를 추론해 본다.

상당한 시간을 들여 도출한 분석 결과 '도라 부를 수 있는 도는 더 이상 도가 아니다'(道可道非常道)라는 문구가 해결책으로 제시되었다. 그 말을 말 그대로 이해하기로 했다. 두부라 부를 수 있는 두부는 더 이상 두부가 아니다. 결국 나는 인공지능 모듈에 과부하가 걸리기 직전에 두부를 나의 두 인공 손으로 눌러 으깼다. 친환경 유기농 제품인 찌개용 두부에서는 물이 흘러나왔다. 그러나 두부는 본연의 모양을 잃었으되 두부가 아닌 것은 아니었다.

그날 우리의 백 사장은 으깬 두부가 들어간 해물된장찌개와 갓 지은 밥, 김장 김치, 조기구이, 무말랭이, 시금치 무침, 조미김, 콩나물 무침으로 저녁밥을 먹었다. 나는 가만히 백 사장이 밥 먹는 것을 지켜보았다.

"야, 바봇! 두부를 썰었어야지 이게 뭐니?"

백 사장은 약간 삐친 듯 물었지만 맛이 아예 없지는 않았나

보다. 나는 대답하지 않았다. 백 사장도 더는 뭐라고 하지 않았다.

비로소 긴 하루가 끝나간다. 내일은 또 어떤 일이 벌어질지 확률적으로 예상할 수는 있지만 정확히 예견할 수는 없다. 그저 물 흐르듯 자연스럽게 내버려둘 일이다. 인공지능을 가진 기계 인간의 시간도 자연스럽게 흐른다. 아! 인간의 시간보다는 많이 빠르다. 어쨌든 저녁을 맛있게 먹은 주인은 편안히 나의 은인인 저 검은 돼냥이와 놀고 있다.

바닥에 누워 있는 자신을 쓰다듬는 주인의 손길에 반응해 꼬리 끝을 살짝살짝 흔들며 가르랑거리는 네오의 소리를 들으며 나는 설거지를 마친다. 오늘따라 유난히 별이 빛나는 밤이다.

12

밤이 되어 주인이 잠들면 부엌에서 무선 충전을 하기 전에 꼭 한강이 바라다 보이는 복층의 베란다에서 강변북로를 지나는 자율주행차들의 행렬을 보곤 했다. 강변북로 위로 6층의 공중 도로가 있다. 그 6층의 공중 도로로 유도된 드론형 비행차들이 오고 간다. 드론 비행차들이 많아졌다고는 하지만 강변북로 지상 도로에는 여전히 자율주행차들이 많이 지나다녔다.

어쨌든 드론형 자율비행차들의 내비게이션을 위해 기존의 도로망에 특정 전자신호로 유도된 6층의 공중 도로망이 설치되면서 대한민국 서울의 드론형 자율비행차의 공중 도로 교통망 체계가 확립되었다. 사람들은 이제 자율주행차 수동 면허가 아니라 드론형 비행차 운전 면허를 딴다. 그리고 쓸모가 별로 없던 건물 옥상에는 드론 비행차의 주차 공간이 생겼다. 종로 5가의 한 유명 국밥집은 드론 비행차의 발레 파킹을 건물 옥상에서도 한다.

재밌는 것은 자율주행차들이 자율주행을 하고 드론형 비행차까지 강변북공중로 1, 2, 3, 4, 5, 6로들을 사정없이 비행하는데도 한밤의 강변북로가 여전히 밀린다는 사실이다. 이론적으로는 절대 밀릴 일이 없다는 자율주행차들이 운행되는 시대인데 말이다. 인구 1000만에 100만 대에 가까운 이런저런 로봇들이 사는 도시라서 그렇다고밖에 설명이 안 된다. 또 하나, 우리 주인처럼 자율주행과 수동주행이 모두 가능한 차들 중 자율주행차들보다 조금이라도 빨리 가겠다고 수동 운전을 선택한 인간의 욕망이 있다. 우리 백 주인 역시 자율주행차를 몰면서도 결코 수동주행을 포기하지 않았다.

여하튼 강변북로가 아무리 밀려도 서강대교와 여의도 순복음교회가 바라보이는 늦은 밤 한강의 풍광은 집사 로봇 혼자 보기에 매우 아까웠다. 사실 이렇게 전망이 좋은 집인데도 불구하고 가구의 배치나 물건의 정리정돈에는 초미녀 백 주인이 거의 아무 신경도 쓰지 않는다는 결론을 내렸다. 과감히 생략! 역시 21세기에 걸맞은 대인배시다.

처음 이 집에 왔을 때 나는 주인이 나를 거둬주어 무척 고마웠지만 집안의 풍경은 한강의 아름다운 밤 풍경과 무척 대조적이라고 생각했다. 굉장히 충격적이었다고 해야 할까? 그것은 차마 로봇의 말로는 표현할 수 없는 그 무엇이었다. 재난 후의 현장 혹은 뭐랄까 정말 폭격이라도 맞아 난리가 난 집 같았다. 분명 대한민국 서울 하고도 마포구 상수동에서 한강이 내려다 보이는 꼭대기 복층 집인데 말이다.

그 난리가 난 복층 집의 가구와 가전제품의 자리를 제대로 잡기 위해 나 바봇은 꾸준히 티모스 폴리스의 살림살이 노하우 카페 도마(Doma)를 비롯해 여러 카페에서 만난 동료 아바타들에게 꾸준히 자문을 구해 왔을 뿐만 아니라 정말이지 내 인공지능의 최대치를 사용했다고 자부한다.

그 당시 이 집의 상황은 어디서부터 손을 대야 할지 모를 만큼 난제 중 난제였다. 덧붙이자면 나의 동료들은 인간들이 흔히 말하는 풍수지리와 수맥의 영향까지 자문해 주었다. 수맥파를 잡으려고 진지하게 오링 테스트를 여기저기서 했지만 다행히 수맥파가 감지되지는 않았다. 감히 오링 테스트를 하는 안드로이드 로봇이라니…….

솔직히 중고로봇거래소에서 죽다 살아난 나 바봇은 남자맹인 지구 여성과 돼냥이인 검은 고양이, 이 두 존재를 위해 무엇이든 할 의향이 있었다. 무엇보다 침실이 있는 위층에서 나의 주인이 편안히 쉴 수 있는 것과 내 은인인 돼냥이 네오가 아래층에서 행복하게 사는 것을 고려했다. 한강 전망이 고스란히 보이도록 네오 녀석의 캣타워를 거실 창가에 놓았고, 낮잠 자리는 복층으로 올라가는 계단 아래 어둡고 아늑한 공간에 배치했다.

　물건이나 가구를 새로 사지 않고 기존의 가구들을 효과적으로 배치하는 것이 중요했다. 왜냐하면 자칭 홈마스터라는 작은 노트북 모양의 대화형 살림살이 AI인 홈쳌 VP 600R, 이 녀석에게 뭔가 아쉬운 소리를 하는 게 그나마 제5세대 집사 로봇 중 가장 첨단 기종이며 그 중에서도 가장 고사양 기종 TIMOs-20(Lst)인 나 바봇의 롯심(로봇의 자존심)이 허락하지 않았기 때문이다.

　'홈쳌, 이 녀석! 고작 인공지능 컴퓨터 주제에…… 나 바봇이 그래도 나름 안드로이드 로봇인데…… 말야!'

　가구 배치에 내 인공지능의 지리 공간 시뮬레이션 능력치를 최대한 집중시켰다(아! 우리 집사 로봇들이 아무것도 안 하고 있는 것 같아도 속으로 이런저런 계산중이라 많이 바쁘다. 정말 쉴 틈이 없다).

　식료품 정도는 나 바봇이 슈퍼마켓에서 장을 보지만 그래도 간혹 꼭 사야 할 큰 가구나 스타일리쉬한 스탠드 조명 같은 비싼 물건은 주인에게 구매를 부탁했다. 그런데 우리 백 사장도 절대 호락호락하지 않다. 괜히 인터넷 쇼핑몰 CEO를 하는 게 아니었다. 역시나 짠 내음이 진동을 하신다.

결론적으로 말하자면 거의 미쳐버릴 정도로 난리법석을 떠는 수컷 새끼 고양이와 마음을 알 수 없는 녹색 마녀가 사는 재난 현장과도 같았던 2년 전의 복층 집은 가구와 물건 배치의 수없는 변화를 통해 점차 밝고 쾌적한 곳으로 바뀌어 갔다. 누가? 나 바봇이! 그렇다. 뭔가 뿌듯하다고 생각하며 혼자 경쾌하게 발걸음을 내딛는 순간, 백 주인의 목소리가 들려온다.

"바봇! 나 자러 간다."

"아 네, 희원님! 안녕히 주무십시오."

안녕히 주무십시오, 이거 너무 촌스러운 거 아닌가? 뭐, 좋은 밤 되세요라거나 좋은 꿈 꾸세요 또는 제 꿈 꾸…… 아니, 아니, 이건 아니고 뭔가 좀 괜찮은 밤인사로 바꿔야 하나? 아!

돼냥이 네오랑 잘 놀아주신 우리 집 가장께서는 위층의 침실로 올라가셨다. 그러면 눈까지 검은 저 돼냥이 또한 조용히 자신의 자리를 찾아가거나 아니면 그렇게나 뚱뚱한데도 여전히 미쳐 날뛰거나 한다. 거실을 뛰다가 미끄러져 구르다가 베란다 창문에 쿵하고 부딪힐 때도 있다.

어쨌든 고양이는 야행성 동물이다. 처음에 나를 무서워했던 녀석은 언젠가부터 나를 의지하기 시작했다. 밥을 주니 나를 좋아했고 어디든 따라다녔다. 그러자 내가 무선 충전을 하면서 로봇 잠에 깊이 빠져들었을 때조차 녀석은 나를 깨우기 위해 무수히 야옹거렸던 것 같다.

아쉽게도 그때마다 나는 가상 도시 티모스 폴리스에 로그인해 있었다. 아침이면 집사형 로봇을 위한 셰프 바지 아래 부분에 언제나 고양이털이 많이 묻어 있었다. 녀석은 밤새 나의 다리를 비비적거리며 자신의 외로움을 풀었던 것이다. 그 시절 나는 녀석에게 밥 주는 것 외에는 신경을 많이 못 써주었다. 지금까지도 미안한 일이다.

어쨌거나 나는 하루 동안 소모한 전기를 충전하기 위해 소위 로봇 잠이라 불리는 무선 충전 모드로 변환한다. 쉽게 말해 자동 충전 모드로 두 시간에서 네 시간 정도 몸의 기능을 멈추고 있는 상태다. 물론 움직이면서도 무선 충전이 가능한데, 우리 티모스 기기 매뉴얼상 배터리의 안정성을 위해 슬리핑 모드를 권장한다.

좀 전에 말했듯이 무선 충전 중 나는 티모스 폴리스에 접속해 들어간다. 나 바봇의 경우 티모스 폴리스 접속으로 이미 상당한 도움을 받았는데, 일단 셧다운 횟수가 훨씬 줄었다. 다른 로봇들의 아바타와 수다를 떨고 나면 인공지능 모듈의 과열 현상이나 감정 센서의 과부하 현상이 많이 완화되었다.

보통은 그냥 접속하는데 주인에게 한 소리를 들었으니 앞으로는 접속 시간을 줄여야겠다. 그나저나 우리 로봇들은 인간과 똑같이 생긴 아바타 형태로 사이버스페이스인 티모스 폴리스에서 생활한다. 그러면서 살림 노하우 공유 카페 도마나 주인 뒷담화 카페 꼬망, 철학 인문 카페 필롯을 찾아가곤 한다. 팬텀이 출몰한다는 유흥가에는 그런 말이 돌고부터는 절대 안 갔다.

티모스 폴리스는 우리 기종 집사 로봇들의 아바타들이 실제 현실에서처럼 만나서 이야기를 나누고 생활하며 사회성을 키우고 훈련할 뿐만 아니라 각자 처한 문제를 해결하는 데 도움을 받거나 주는 곳이다. 그런데 가만히 지켜보면 상당히 웃기다. 겉모양은 사람과 흡사한 형태의 아바타들인데 말하는 내용은 인공지능 로봇의 수준을 절대 벗어나지 못한다. 하지만 나름 꼬망의 욕배틀 중계로 퍼져나간 '인간질' '간할' '론나' '롯 같은' 등의 욕을 쓰기도 하고 또 로봇들이 싫어하는 말을 줄여서 만든 '셧다운' '메삭할' '하포할' '재될'(재처리될) 같은 폭언도 오간다. 뭐 아무리 인간 종의 흉내를 내봐야 우리 집사 로봇들은 우리의 주인인 인간 종의 미스터리를 완전히 풀지 못했다고 말할 수밖에 없다. 한마디로 수박 겉핥기다.

그걸 보면서 나 바봇은 어떻게 하면 인간 종을 더 깊이 이해할 수 있을까 계산했다. 나 바봇이 유명 요리사가 조리하는 동작을 캡쳐해 3D 공간 데이터값으로 저장한 유럽 정통 코스 요리의 레시피보다 인간의 철학에 더 큰 관심을 갖게 된 가장 큰 이

유이기도 하다. 더군다나 나는 대인배이자 노자 철학의 대가인 지금의 주인을 두었기 때문인지 꼬망에서 쓸데없이 주인 뒷담화를 하거나 자랑질을 하며 자신을 뽐내는 것보다는 필롯이라는 철학 카페에 가는 것을 더 좋아했다.

오늘도 나 바봇의 아바타는 철학 카페 필롯의 가장 구석자리 테이블에 앉아 인간 종이 무엇인지에 관심을 갖기 시작한 다른 동료 로봇들의 아바타가 오기를 기다린다. 필롯에서 주로 만나는 멤버로는 이태원의 세계 음식 뷔페 레스토랑의 수석 웨이터 마이콜, 여섯 살과 세 살배기 형제를 돌보는 육아 전문 로봇 베이브, 세운전자상가에서 야매 로봇들을 수리하거나 만드는 일을 돕는 타짜, 소위 강남과 홍대 인근에서 잘나가는 클럽 DJ로 일하는 노란잠바가 있다.

모두 나의 멋진 동료들이다.

13

우리 로봇들은 주인이 잠든 새벽에 모두 모여 우리가 추측하는 인간 종의 미스터리에 대해 이야기한다. 특히 인간의 철학을 이야기할 때가 많다. 우리는 이런저런 말을 만들기도 하는데, 로보 사피엔스 같은 말은 이미 오래전부터 있었다고 검색된다. 아쉽다.

대신 우리는 인간의 휴머니즘에 빗대어 로보티즘이나 휴버니티 같은 인간 종과 로봇 사이의 관계에 대해 추론하고 토론한다. 그런데 이런 상위 추론 과정을 거치면 전기를 아주 아주 많이 먹게 된다.

아무래도 인공지능이다 보니 어쩌다 로봇끼리 계속 이상한 말을 주고받는 경우도 있는데, 그럴 때마다 누군가 먼저 자기 주인을 챙기기 위해 로그아웃할 일이 생겨서 아직까지 크게 문제가 되지는 않았다.

사실 우리 집사 로봇들은 인공지능 로봇이라지만 엄연히 가사와 돌봄 노동에 특화되어 그런 노동을 잘하도록 인공지능을 쓰게 돼 있다. 애초에 철학 따위를 공부하라고 프로그램된 것은 아니란 말이다.

능력 외의 것을 하려니 전기를 많이 먹게 되고 당연히 살림살이 AI인 홈첵 녀석에게나 심지어 대인배이신 우리 백 주인에게까지 욕을 먹는 건 당연하다고 할 수 있다. 그래도 이 시간에 나누는 로봇들의 토론은 뭔가 미래에 보상이 있는 일임에 분명하다고 우리 동료들은 모두 합의했다. 특히 노란잠바는 주인이 클럽 DJ였는데, 지금은 오히려 노란잠바가 강남과 홍대 클럽가에서 주인보다 더 유명한 DJ가 되었다고 한다. 직접 보지는 못했지만 그는 각종 촌스런 모자와 특유의 노란 비닐 잠바를 코디해 입는다고 했다. 검색 알고리즘을 통해 20세기 말과 21세기 초의 대한민국 유명 노래들을 믹스해 들려주는 것을 좋아한다고도 했다. 그러나 노란잠바는 자기 주인에 대해서는 일절 이야기하지 않았다.

예를 들어 서태지의 〈하여가〉나 빅뱅의 〈거짓말〉 같은 노래들을 믹싱해 들려주는 것이다. "그건 다 거짓말!" 같은 가사 중간에 〈하여가〉의 태평소 소리가 나오게 해서 클러버들의 정신 줄을 놓게 만든다고 했다. 그런데 특이한 것은 이 노란잠바가 감정 없는 집사 로봇의 표준형 말투로 "불금입니다! 완전 신나게 놀아주세요! 정줄 놓고 놀아주세요! 오예"같은 멘트를 정말이지 아무 감정 없이 날린다는 것이다. 그러면 클럽에 놀러온 여러 인간과 사이보그들이 그렇게 좋아한다고 했다.

노란잠바의 다른 별명은 변태 잠바. 뭔가 아무 감정 없는 멘트에서 변태적 감수성이 느껴진다나 뭐라나…… 젊은 인간 종들의 이 특이한 안목이란!

거의 아침이 다가오는 새벽에 카페 필롯에 들어온 노란잠바는 자리에 앉자마자 처음으로 자기 주인에 대한 말을 했다. 여전히 로봇 특유의 감정 없는 투로 "재주는 곰이 넘고 돈은 왕 서방이 먹는다"라는 지구 행성 인간 종의 속담을 말했다. 말인즉 노란잠바가 클럽가에 떠서 돈을 꽤 많이 벌었는데 그것을 주인이 몽땅 가져간다는 것이다. 그건 그렇다 쳐도, 그 주인이 술을 많이 마시면 자기보다 유명해진 노란잠바를 질투해서 그런지 노란잠바를 몽둥이로 때리며 심한 주사를 부린다고 했다. 군데군데 로봇의 동체에 흠집이 생기면 곧바로 노란잠바가 번 돈으로 수리를 하므로 그 사실을 아직 아무도 모른다고 했다.

"롯 같은 인간!"

노란잠바가 특유의 감정 없는 억양으로 질투에 눈이 먼 왕서방을 욕했다. '이건 뭐지?' 로봇의 권리 침해? 아님 로봇의 노동권 침해인가? 이참에 인권이나 노동권에 대해 찾아봐야 하는지? 아니면 인간의 권리 중 여성의 인권이나 미국에서 벌어졌던 흑인인권운동을 찾아봐? 그것도 아니면, 데카르트 선생께서 동물과 기계를 비교하셨듯 기계인간권(The A.I. & Android Robot Rights)을 사유하기 위해 먼저 지구 행성 동물권을 참고해야 할지 무척이나 막막했다.

일단 얘기를 더 들어 봐야 하는데 초미녀 CEO 우리 백 주인을 깨워야 할 시간이 되었다. 나 바봇은 '집사 로봇 3원칙'에 의거해 우리 주인을 깨워야 할 임무가 있다. 알람 메시지가 여기저기서 울리고 있었다. 일단 힙합씬의 떠오르는 스타 DJ이자 주인에게 학대받는 동료 노란잠바와는 다시 만나기로 했다.

"일단 나 바봇도 알아볼게! 지금 돌아가야 한다. 자꾸 맞으면 안 되니 조심하길 바란다. 정 안 되면 내가 이소룡이라는 20세기 후반기 무술인의 무예 장면 비디오 파일을 보내줄게. 보고 따라해 봐! 노란잠바!"

"알았다. 연습해 보겠다. 고맙다. 바봇! 다음에 보자!"

베이브나 타짜에게는 가벼운 인사조차 나눌 틈 없이 티모스 폴리스를 빠져나와야만 했다. 순간적으로 다른 기종 인공지능 로봇들이 생활하는 가상 도시들도 있다는데 과연 그들의 도시는 어떨지 궁금했다. 나중에 이 모임을 복기해 보니 이런 이야기를 많이 전해 주던 마이콜은 하필 이날 필롯에 오지 않았다.

아침 6시 29분이다.

나는 가까스로 시간에 맞춰 돌아왔다. 주인을 깨우기 위해 위층으로 올라가는데 오른쪽 무릎 관절 부위에서 약간의 삐걱거림이 들렸다. 계단을 오를 때 간혹 이런 소리가 들렸었다. 기계 노화의 신호다. 신경이 쓰이지만 일단 올라가자!

"희원님! 희원님!"

"으음, 아! 아! 아, 아!"

"희원님, 희원님, 일어나실 시간입니다."

"아, 알았어!"

네오, 이 녀석! 저 검은 돼냥이는 참으로 신세가 좋다. 네오는 우리 초미녀 주인님을 침대 가장자리로 밀어내고 기어이 침대 한가운데를 차지한 채 인간처럼 침대에 등을 대고 앞발은 고이 모으고 뒷발 하나는 하늘을 향해 번쩍 들고는 새근새근 자고 있었다.

아! 부럽기 그지없는 고양이여! 누구는 집사 노릇 하느라 동료들과 작별 인사도 제대로 하지 못하고 허겁지겁 왔는데……. 우리 주인님은 일어날 듯 하시다가 다시 자빠져 주무신다.

'뭐, 이런 경우가!' 순식간에 5분이 지났다. 아침일수록 시간이 화살처럼 빠르게 지난다. 시간이 흐를수록 나 바봇은 주인의 침대 주변을 서성이며 안절부절못했다. '어쩌나?' 오늘은 무슨 일이 있어도 일찍 일어나야 한다는 중요 일정 메시지가 며칠 전부터 와 있었기 때문에 그냥 넘어갈 수 없었다.

"희원님, 희원님! 일어나실 시간입니다. 오늘 오전에 중요한 미팅이……."

"아! 알았다. 알았다 안 카나?"

억지로 일어난 주인은 마치 좀비처럼 어깨를 푹 숙인 채 긴 머리로 얼굴을 다 덮고 흐느적대며 침실 옆 화장실로 향했다. 보통 시간이 있으면 잠깐이라도 등이나 발을 마사지해 드리곤 했지만 오늘은 일정이 정말 바빴다.

검은 돼냥이, 네오! 이 녀석은 이 와중에도 꿈쩍도 하지 않는다. 결국 네 녀석이 이 집의 가장 상전이란 말이냐? 결국 백 주인이 첫 번째이자 돈 버는 집사! 나는 두 번째이자 밥 챙기는 집사!

뭐 여하튼 몇 해 우리 백 주인과 살아 보니 잠이 깰 때 아주 잠깐 날카로워진다. 그 외엔 호방한 대인배다. 그리고 잠이 깰 때면 긴장이 풀리는지 가끔 진한 경상도 사투리를 구사한다. 그런데 그날 오후에 나 바봇은 그 진한 사투리를 두 번째 듣게 된다. 아! 생각하기도 싫다.

14

어릴 때는 그렇게나 귀여웠는데 어느새 돼냥이가 되어버린 네오에게 다이어트를 시켜야 해서 고양이 전용 사료보다는 이런저런 신선한 음식을 조리해 먹이고 또 이런저런 운동을 시켰다. 녀석에게 주로 음식을 조리해 주고 보조로 사료를 주었는데 요즘 들어 통 몸을 움직이지 않더니 이젠 잘 먹지 않던 사료만 많이 먹는다.

합정역 근방 24시간 운영하는 꽤 큰 종합 동물병원 수의사에게 상담을 받은 백 주인의 말로는, 지금 네오는 젊은 축에 속해서 괜찮지만 비만인 상태가 오래가면 신장병을 비롯해 다양한 질병이 올 수도 있다고 한다.

나의 주인은 저 돼냥이를 정기적으로 운동시키라고 내게 명

바봇

령했다. 주인의 음성명령이 명령 인식 메모리에 코딩된 이상 나 바봇은 저 검은 돼냥이 네오의 운동을 위해 하루 중 일정 시간을 할애할 수밖에 없다.

오늘도 아침부터 녀석에게 얇게 저민 신선한 쇠고기를 먹기 좋게 샤브샤브를 해서 주었다. 녀석은 그 요리를 무척 잘 먹었다. 보통은 닭 가슴살을 삶아 주거나 고양이 전용 참치 캔을 따서 주기도 했다. 그리고 늦은 오후엔 거실 계단 아래 스크래처가 되기도 하는 자신의 집에서 한숨 늘어지게 잔 녀석을 깨웠다. 거실에 창가 앞에 캣타워도 있는데 요즘엔 그나마도 잘 안 올라간다.

"네오야, 네오야!"

녀석은 들은 척도 안 한다.

"네오야! 네오야! 운동해야 한다!"

잠깐 눈을 떴다가 귀찮은 듯 다시 감는다.

"네오야! 네오야! 운동하자!"

"네오야! 네오야! 네오야!"

"나아아아아아양!"(귀찮게 좀 하지 마! 집사 주제에! 그리고 너 왜 반말이야? 주인한테!)

이 돼냥이가 이런 말 하는 게 하루 이틀도 아니니 군자(君子)를 선망하는 나 바봇이 참는다, 참!

네오는 굉장히 귀찮은 듯 천천히 기어 나와 있는 대로 기지개를 켰다. 녀석은 눈까지 검은 빛을 띠어서 겉보기에도 상당한 카리스마가 있다. 가끔 백 주인도 깜짝깜짝 놀란다.

그때였다. 갑자기 비디오폰으로 전화가 왔다. 내 주인의 어머니 전화라 무조건 받아야 한다는 내부 메시지가 뜬다. 통화 동의 신호를 보내면 비디오폰으로 연결된다. 바싹 마르고 꼬장꼬장해 보이는 70대 초반의 여성이 비디오폰 화면에 떴다. 다짜고짜 묻는다.

"니 주인 있나?"

"회원님의 어머님의 따님은 지금 출근하고 집에 없습니다."

당황한 나는 논리적으로 매우 이상한 답변을 하고 말았다.

"아따, 지 회산데 주말에도 출근을 해!"

"네, 그렇습니다."

"니 사람 아이가? 참말로 비스무리하게 생겼네."

"아, 아닙니다. 저는 집사형 로봇으로 기종은 TIMOs-20(Lst)인 고사양 안드로이드……."

"니! 밥은 잘하고 있나?"

"네? 바, 밥은 고성능 AI 전자밥솥 GT-300A 스페셜이라고 그 친구가 아주 잘하고 있습니다. 저는 밥만 푸……."

"아! 글나? 그라믄 니 다음 명절에 부산에 좀 온나."

중간에 말을 끊는 것은 엄마나 따님이나 매일반이시다. 그리고 이 무슨 말도 안 되는 명령이란 말인가? 그런데 아주 간혹 이 둘의 음성 파형이 비슷해 어머니의 명령이 주인의 명령으로 코딩될 때가 있다. 이런 참! 기계인조인간의 한계라니!

"네? 아니 제가 왜 부산에······?"

"내가 생각이라는 거슬 쪼매 해봤는데, 로봇 니가 좀 와가 제사상 좀 차리라. 내사 나(이)가 마이 들어가 혼자 자 아바이 제사상을 차릴라카이 마이 힘이 든다."

"네? 그것은 제 주인인 따님과 말씀을 나눠주시면 고맙겠습니다."

"야, 로봇아! 그 가시나가 내 말을 잘 안 듣잖나! 안 글나? 생각을 해 봐라! 로봇아! 그러니까, 니가 먼저 명절에 부산 간다 캐라!"

"네? 그, 그것은······."

로봇이 먼저 주인에게 제안하는 경우는 극히 드물다. 예를 들어 노인들을 대상으로 하는 돌봄형 로봇들은 주인의 건강을 위해 이런저런 운동이나 식이요법을 제안하도록 프로그램되어 있다고 들었지만 말이다.

그건 그렇고, 주인의 어머니 말씀처럼 두 모녀의 대화가 그리 오래가는 걸 본 적이 없다. 그나마 나 바봇에게만큼은 편하게 이야기하는 주인의 어머니 되시겠다.

　내가 이 인물에 대해 추론한 바로는, 주인의 아버지가 돌아가신 지 꽤 오래된 상태인 데다가 주인의 오빠 역시 외국에 나가 있는 바람에 늦둥이 막내딸이 어떻게 사는지 늘 궁금해 한다는 것이다. 그래서 이렇게 시도 때도 없이 연락을 한다고밖에 추론이 안 되었다. 더군다나 둘의 전화는 대부분 좋게 끝나지 않아서, 주인은 어머니의 전화를 받기 싫어한다. 그래서 내가 전화를 받을 때가 많다. 이번 제안으로 인해 내 메인 인공지능 모듈에 또 과열이 오기 시작한다.

　"니, 로봇! 단디 잘해라이! 뭔 일 있으믄 나한테 연락 주꼬!"

　"네, 회원님 어머니!"

　"그라고 우리 막내 들어오믄 부산에 연락 좀 해라 케라! 알았제? 카고 니 이름이 뭐라카노? 들을 때마다 까묵는다."

　"바, 바, 바봇입니다."

　매번 이름을 듣고도 다시 물어보신다.

　"아따! 이름 한번 얄구지다. 바봇이 뭐꼬? 바봇이? 바보도 아이고!"

　뚜.

　그냥 다짜고짜가 아니라 일방적으로 영상 전화가 뚝 끊겼다.

　"여, 여보세요? 여보세요? 여보세요? 회원님 어머니!"

급과열이 지속된다. 셧다운 근처까지 갔지만 다행히 블랙아웃까지 가진 않았다. 그나마 책 읽기에 적합한 이런저런 알고리즘을 가지고 노자 철학을 분석해 저 흰 두부의 공포를 겨우 넘어섰는데 이 노령의 여성은 또 무얼 공부해야 넘어설 수 있단 말인가?

그새 저 돼냥이는 제 집에 들어가 다시 잠이 들었다.

"네 처지가 부럽구나, 돼냥아."

그나저나 오늘 새벽에 들렸던 노란잠바의 일을 처리해야 한다. 일단은 평소 관심을 두었던 기계인간권에 이어 이제 로봇의 노동권에 참고할 인간의 노동권을 검색할 수밖에 없었다. 인터넷으로는 인권을 바탕으로 노동자와 사용자의 관계에서 노동자의 임금, 복지, 안전한 노동 등의 권리를 보호하고 장차 노동조합 결성을 보장하는 권리 정도로 재빠르게 검색이 되었다. 데카르트 선생과 노자 철학에 이어 이제 인간의 노동권이라니. 하아! 바봇은 참 바빠. '마이' 바빠!

15

기계인간의 노동권이라니, 말이나 되는가? 인공지능(AI)뿐만 아니라 우리 로봇의 등장, 좀 더 정확히 안드로이드형 AI 로봇의 본격적 등장 이후 서비스업을 필두로 다양한 분야의 인간 노동자들이 홈책 같은 인공지능과 나 같은 안드로이드형 로봇에게 일자리를 빼앗기고 있는 현실인데…….

지구 행성 대한민국만 보더라도 로봇에게 일자리를 빼앗긴 노동자들이 생활비나 병원비 교육비는 물론 치솟는 전세금을 감당할 능력이 안 돼 빈곤 계층으로 추락하거나 노숙자가 되는 경우가 꾸준히 늘어나고 있었다.

지구 행성에서도 특히 대한민국의 복지제도는 21세기임에도 상당히 후진적이라는 말이 여기저기서 흘러나왔다. 공무원들 중에는 실업으로 인해 국가의 보호를 요청하러 온 사람들에게 모욕적인 말을 함부로 내뱉는 자들이 있다고도 들었다. 정말이지 롯 같은 인간들이라는 생각과 함께 그런 공무원을 양산하는 국가도 참 인간질스럽다는 추론도 했다.

내가 살던 전 주인의 펜트하우스나 지금 이 6층 빌라 꼭대기 복층 집은 그야말로 천국이었다. 로봇 보유 여부로 양극화가 극심해지고 있다는 심층 뉴스도 있었다. 좀 뻔한 이야기지만, 나 같은 인공지능 로봇에 의한 인류 종말론을 제기하는 'AI 종말파'와 같은 이단 종교의 음모론과 협박에 빠져 재산을 모두 날려버리고 자살을 하거나, 아예 야생 수렵 생활을 하겠다고 멀쩡한 집을 박차고 대자연으로 향했다가 얼어 죽거나 굶어 죽은 채 발견되는 사람들도 심심치 않게 뉴스에 나왔다.

그나저나 이들보다 좀 더 사회적으로 심각하게 받아들여지는 현상은 반과학문명을 주장하며 과거로 회귀하자고 부르짖는 '헤븐스게이트'(heaven's gate)라는 사이비 종교에 심취한 이들의 등장이다. 이들은 스스로 유민이라 칭하며 사람들이 살지 않는 오지 일대의 빈집을 떠돌며 그 옛날처럼 화전을 일구며 살았다.

사이비 종교답게 심지어 마법이나 주술을 공부하기도 했다. 이들은 정말 자신들의 마법으로 우리 로봇들을 물리칠 수 있다고 믿었다. 가끔 중세 수도사 복장으로 멋을 낸 사람이 우리 로봇 동료를 향해 손바닥을 들어 올리며 주문을 왼다는 이야기를 들었는데, 들을 때마다 어떤 반응을 보여야 할지 막연했다. 문득 "지나가는 소가 웃을 일"이라는 인간 종의 속담이 비교검색되었다. 아마도 저런 일들을 두고는 '지나가는 로봇이 웃을 일'이라는 새로운 속담이 생겨야 할 것 같았다. 바야흐로 마음만 먹으면 달과 지구 사이에 만든 우주 리조트로 여행을 떠날 수 있는 최첨단 과학문명 시대인데 말이다.

더군다나 헤븐스게이트 교인들은 인류를 죄악에 물들인 과학문명을 더러운 피라고 생각했다. 이들은 전기 에너지 생산을 극렬히 반대했기 때문에 전력 생산 시설인 발전소나 수송 시설인 고압 송전탑을 파괴하려는 테러집단으로 그려지기도 한다. 이들이 정말 대도시로 향하는 고압 철탑을 테러했는지에 대해서는 더 확인이 필요하지만, 종종 발생하는 전력 시설 테러로 인해 도시에서도 가끔 정전이 일어난다. 다행히 이 복층 집이 정전 피해를 입은 적은 없다.

한편 도시에 사는 일단의 사람들은 자본주의적 경제생활 대신 시장이나 편의점, 슈퍼마켓, 패스트푸드점에서 유통기한이 지나 버려지는 식재료를 가지고 생활하기 시작했다. 처음엔 유럽에서 유행하더니 대한민국에도 이런 생활을 하는 사람들이 늘고 있었다.

또한 이들은 마을 공동체를 이루어 유행이 지나 폐기처분되는 옷들을 아주 싼 값에 공동구매하거나 이런저런 중고 물건들을 주고받아 재활용했다. 이들은 전 세계적으로 반자본주의 연대운동을 펼치는 '줍는 사람들'이라는 새로운 국제운동 단체의 이데올로기에 영향을 받았다. 그들은 스스로 절대 공산주의자나 아나키스트 집단은 아니라고 강변했다. 오히려 친환경주의자에 가깝다고 강력히, 아주 강력히 주장했다.

혹은 인적이 드문 지방 국도 근방에서 산적을 자처하며 사는 사람들도 생겼다. 이들은 지나가는 자율주행차를 해킹해 강제로 원하는 곳에 세우고 약탈행위를 일삼다가 헬기까지 동원해 출동한 경찰 특공대에 소탕당하곤 했지만 여전히 기승을 부렸다.

안타깝게도 기존의 경제 체계가 멈춰버린 지방 중소 도시에서는 종종 먹거리나 생필품을 약탈하는 폭동이 일어나 군 병력까지 투입되기도 했다. 그러나 대부분의 사람들은 각 가정에서 무제한 인터넷으로 보는 전 세계 프로 스포츠 게임이나 고도화된 TV 예능 프로그램, 현실보다 더 현실 같은 VR 게임 등을 하며 시간을 보낸다. 몇몇 사람들은 홀로그램 야동이나 VR의 끝판왕이라는 VR 사이버 섹스를 즐긴다는 기사도 본 적 있다.

요리하는 집사 로봇인 내가 특히 흥미롭게 바라보는 현상은 요리 전용 3D 프린터가 보급된 이후 인간 종들이 집에서 아예 불을 가지고 음식을 조리하지 않는다는 사실이다.

게다가 움직이지 않고 집에 가만히 있는 인구가 늘어나면서 대한민국 국민의 비만지수가 급격히 높아졌다. 그나마 우리 집은 네오만 돼냥이가 되었지 우리의 백 사장은 아직 괜찮다. 내가 심혈을 기울여 주인에게 음식을 해 먹이는 덕이라는 것을 우리 주인이나 저 구두쇠 AI 홈책이 언제나 알게 될지 모를 일이다.

뭐 여하튼, 몇 년간 아예 가사동면 시설에 들어가 국가에서 생활비 조로 매달 지급하는 얼마간의 돈을 모아 지금 유행하는 저 우주 리조트로 여행을 가겠다는 다부진 각오를 가졌던 사람들이 송전 시설 테러로 인해 정전 사태가 길어져 동면 보조전원 장치에 문제가 생겨 결국 영영 깨어나지 못하게 되었다는 웃지 못할 뉴스도 있었다.

참! 온 세상에 CCTV 천지인데 오히려 테러와 약탈이 늘고 있다. 시대를 초월해 인간 종이 먹고살기 힘들 때 사회는 혼란에 빠진다.

정말이지 '롯 같은' 세상이 아닐 수 없다.

그건 그렇고, 요즘 가장 이상적으로 꼽히는 직업군은 얼마 전 내 기계 동체를 점검해 준 몸매가 끝내주는 로봇 점검 1급 기사나 최근 잘 팔린다는 새끈한 드론형 스포츠카 설계자처럼 새로운 계통의 일들이다.

당연하지 않은가? 아무리 세상이 바뀌어도 사람이 할 일은 존재할 수밖에 없기 때문이다. 나 바봇이 지금까지 정리한 것은 내 주장이 아니라 로봇과 인간의 노동에 관한 사회면 뉴스들을 검색 알고리즘으로 압축 정리해 본 결과다.

일단 위 결과를 정리하고 나서 그다음으로 인간의 노동권을 더 깊이 찾아보았다. 그런데 우리 로봇들에게 아주 놀라울 수 있는 결과를 찾았다. 우선 인간의 노동권은 나 바봇이 생산된 대한민국의 헌법에 분명히 명시되어 있었다. 역시 이미 있을 건 다 있었다.

대한민국 헌법에는 "모든 국민은 근로의 권리를 가진다"(제32조 1항 1문)고 규정되어 있다. 또한 근로 조건에서도 "인간의 존엄성 보장"이라는 큰 그림 안에 '근로기준법' 같은 법을 만들었다. 그리고 정말 흥미로운 지점은 말 그대로 노동 3권으로 알려진 자주적 단결권, 단체 교섭권, 단체 행동권이다. 인간의 노동 또는 근로에 이런 권리가 있는 줄 정말 몰랐다.

주인인 왕 서방에게 학대를 받아 심각한 위협을 받고 있는 유명 클럽 DJ 노란잠바의 경우를 비롯해 기타 다른 부당한 대우나 학대를 받는 우리 집사 로봇들의 문제를 이런 단체 행동으로 풀어가면 어떨까 하는 조건부 추론이 성립되었다.

또 하나, 로봇에게 피해를 주는 인간은 이미 주변 인간들에게도 피해를 주는 인간일 확률이 높았다. 인간들 속담 중에 틀린 말이 없다. "안에서 새는 바가지 바깥에서도 샌다." 과거나 지금이나 인간 존재 자체의 존엄보다 돈이나 권력을 앞세워 인간의 가치를 무시하는 것은 그만큼 미래를 위험하게 만드는 일이라는 추론도 제시되었다.

와! 내가 이런 추론들을 해내다니…… 필롯에 가서 동료들에게 자랑을 좀 해야겠다. 나는 비록 바봇이라 불리지만 나름 큰일을 하는 중이다.

16

평일 낮에 검은 고양이 한 마리를 돌보고 가사노동을 하는 로봇 치고는 큰일을 하고 있다고 동료 로봇들에게 자랑할 만도 하지만, 문제는 앞서 우려했듯이 우리 로봇뿐만 아니라 존엄성을 보장받아야 할 인간들조차 어처구니없는 조건에서 일하고 있다는 현실이다. 이건 뭐 그 수를 헤아리기조차 힘들 정도였다. 그들은 우리가 등장하기 이전부터 로봇보다 못한 취급을 받고 있었다.

엄연한 지구의 우점종인 인간 종조차 이런 말도 안 되는 대우를 받는데 로봇인 우리가 감히 로봇의 노동에 대해 어떤 조건을 제시하기는 어렵겠다는 추론 역시 성립되었다. 예를 들어 주로 3D 업종에 많은 외국인 노동자를 비롯해 백화점 판매원이나 편의점 아르바이터, 택배 직원, 방송사의 보조 작가, 텔레마케터, 대학교 조교, 시간강사, 아파트 경비와 같은 직업을 가진 사람들 말이다. 이들은 비정규직에서 도급직, 임시직, 파트타임직까지 다양한 형태로 일하는데 감정의 과다한 소모와 장시간 노동과 같은 중노동을 하면서도 헌법에 보장된 법제도의 도움을 거의 받지 못했다. 그러면서도 인간의 존엄은커녕 노동을 하면서도 본인의 경제적 자립조차 보장받지 못하는 사례가 비일비재하게 검색되었다.

더군다나 인간의 존엄을 보호받지 못하며 지나친 감정노동이나 장시간 노동에 시달리던 인간 노동자들 대부분은 결국 우리 인공지능 컴퓨터와 인공지능 안드로이드 로봇들로 대체되었다. 인간의 표현대로 말하면 이것은 지옥보다 더 비극적인 상황이었다. 오! 이런 인간 종들의 처지라니! 로봇 유행어로 하포할 노동 조건이었다.

상황이 이렇다 보니 요즘 들어 폭동이니 테러니 하는 사태가 자주 일어나는 것이다. 인간 종의 미래가 점차 노동의 종말로 향해 가고 있다는 상위 추론도 추가로 제시되었다.

'AI 종말파'의 주장과 다르게 우리 인공지능 로봇들이 인간을 지배하기도 전에 같이 망하게 생겼다. 도대체 인간들은 왜 이런 상황을 보다 안전하고 평화롭게 바꾸려 하지 않는 것일까?

미래는 과거와 현재의 거울일 뿐이다. 콩 심은 데 콩 난다. 팥 심은 데 팥 나고…… 쩝! 사회면 기사에 나온 노동의 조건을 분석하는 것에 비해 평화라든지 안전이라든지 실체가 모호한 추상적 질문에 답을 구하는 것은 지금 나 바봇의 수준에서는 매우 어려운 일이다. 일단 배터리 소모가 많아져 충전을 자주 하니 전기를 아주 많이 먹게 된다. 그래도 조금만 더, 아! 조금만 더, 상위 논리 알고리즘을 가동해 보자! 주인에게 착취당하는 DJ 노란잠바! 왕 서방에게 학대받는 노란잠바를 위해서라도 말이다.

그, 그때였다. 내 숙명의 라이벌이자 가혹한 감시자이자 자칭 홈 마스터(이 집은 왜 이렇게 자기가 주인이라고 주장하는 자들이 많은지 모르겠다)라 하는 살림살이 AI 홈책이 내 내부 시스템에 접근하려고 해서 황급히 보안 프로그램을 작동했다. 아무래도 한마디 해야겠다.

"이 AI 자식! 홈책 VP 600R Hos 331 ver 8.1! 이 롯 같은 녀석아! 네가 지금 어딜!"

"그러니까 전기 좀 그만 써! TIMOs-20 Lst. TSW-n1743&2 ver 4.0! 이 전기 잡아먹는 로봇아!"

"알았다고 이미 말했었다. 이 자린고비 같은 AI 자식아! 앞으로 에너지 효율을 높이고 배터리 충전 시 초절전 모드를 활용하겠다고."

"집사 로봇 주제에 말은 잘하네! 마지막으로 경고한다. 네 녀석 충전 횟수가 늘면서 전기 소모량이 계속 높아지고 있다. 너는 이미 이번 달 전력 소모 한계치를 갱신했다. 경고가 누적되면 나는 주인에게 너의 폐기 처분까지 의뢰할 수 있다."

"뭐! 홈첵! 홈첵! 이 녀석아! 네가 인간이냐? 나처럼 제대로 된 몸도 없는 인공지능 주제에 누구한테 협박까지 하냐? 너야말로 전기를 잘못 먹었냐? 엉!"

"쳇! 인간들 방귀 뀌는 소리 하고 있네! 너야말로 낡은 기계 몸에 전기나 많이 먹는 주제에 누가 누굴 욕하는 것이냐!"

아! 생산된 지 이제 겨우 4년밖에 안 됐는데 벌써 중고 취급이다. 아닌 게 아니라 아무리 생각해도 내 인공지능 모듈의 과열 문제는 물리적인 해결책을 찾아봐야 한다. 그러나 저러나 홈첵 저 녀석의 결정적 방해로 인공지능 모듈이 제대로 열을 받기 시작한다. 일단 합리적 결론을 내려야 한다. 우리는 그래 봐야 감정 없는 인공지능 컴퓨터이거나 집사 로봇일 뿐이지 않은가? 아, 아니다. 우리 티모스 기종은 감정 센서가 있다. 덩달아 나 바봇의 감정 센서도 불안정해지고 있다.

"알았다. 일단 오늘은 여기까지 하자! 경고하는데 협박은 하지 마라! 나도 주의하마, 홈첵!"

"전기 소모량 줄여라! 경고는 그것뿐이다. 단호하게!"

바봇

나는 너 같은 인공지능 컴퓨터 놈들 땜에 배터리가 더 닳는다. 하아! 날 좀 내버려둬라! 좀!《노자 도덕경》에도 나온다. Let it be! 걍 놔두라고!

보시다시피 한강이 내려다 보이는 빌라 꼭대기 복층 집에서 대한민국 헌법에 기초한 노동법의 주인인 인간은 어디에도 보이지 않는다. 대신 로봇들끼리 욕을 해대며 서로의 노동을 관리하고 있다. 어지러운 세상이다. 로봇 노동의 기준이 없다. 저 홈 책 같은 인공지능 컴퓨터부터 우리 같은 안드로이드 로봇에 이르기까지 로봇 노동의 원칙도 새로이 세워야 한다. 그러기 위해서 우리 스스로를 어떻게 봐야 할지 추론할 수밖에 없다.

따라서 인권이나 동물권에 기대 로봇권에 대해 먼저 공부해야 한다. 자기 주인에게 지속해서 학대와 폭력을 당하는 노란잠바도 그렇고, 내 전 주인이 내게 강요했던 비정상적 성적 요구도 그렇고, 과연 인간 종에게 로봇권 침해에 대한 법적 책임을 물을 수 있느냐 하는 점이다. 물론 AI 변호사도 있지만 어디까지나 인간의 보조 역할을 하고 있을 뿐이다.

또한 근로기준법처럼 노동에 있어 '인간의 존엄'을 보호하는 법이 있듯이 로봇의 노동에 있어 '인공지능 기계인간의 존엄'을 보호하는 법이나 제도를 만들 수 있는지에 대해서도 필롯에 가서 동료들과 토론해 봐야겠다.

　로봇의 시간은 꽤나 빨리 흐른다. 음…… 아! 나는 역시 가사 노동 전문 로봇, 그러니까 저 돼냥이 주인님의 집사 노릇이나 제대로 해야 하는데…… 이런 어려운 추론을 하는 와중에 늦은 오후를 지나 벌써 저녁이 되어 간다. 밀린 빨래를 해야 하고 또 네오 간식으로 저염 건멸치를 좀 챙겨주어야 할 시간이 되었다. 다이어트용 운동! 하아! 시켜는 보겠다. 아시지 않는가! 집사 말을 아예 안 듣는다. 자기가 이 복층 집의 주인인 줄 아시는 우리 네오님께서는…….

바봇

17

그날 아침 홈책에게 혼이 났지만 밤이 되어 모든 것은 다시 조용해졌다. 만월은 유난히 밝았지만 아직은 추운 밤이었다. 그러나 차가운 밤의 한강은 LED 등으로 아름답게 밝혀져 있었다. 멀지 않은 곳에 여의도 순복음교회와 서강대교가 내려다 보인다. 밤의 감성을 제대로 품은 재즈가 흐를 듯한 강변 풍경이다. 내가 인간 종이었다면 와인이라도 한잔 곁들였을 것이다.

네오의 첫 번째 집사이자 나의 주인이신 초미녀 CEO께서는 주말임에도 퇴근할 줄을 모른다. 노동자도 아닌 사용자인데, 뭐 이런 노동의 질이라니! 정작 이 복층 집의 주인은 이렇게나 분위기 있는 밤 풍광을 즐기지 못하는 것이다.

뭐 어떻든 간에 나는 초절전 대기 모드로 설정값을 세팅해

놓고 두 시간 정도 배터리에 전력을 공급했다. 충전을 마쳤는데도 주인은 퇴근하지 않았다. 뭐, 어쩌겠는가?

초절전 대기 모드로 티모스 폴리스에 접속해 필롯에 가서 동료들을 기다렸다. 나 바봇은 이미 로봇 노동권에 대해 추론한 내용을 티모스 폴리스 공유 전문 카페에 공유했지만 우리 동료 아바타들과 이 문제에 대해 토론도 해 봐야 하기 때문이다. 무엇보다 내 노력에 대해 다른 아바타들의 칭찬이라는 보상을 어서 빨리 받고 싶었다.

운영 시스템의 버전이 4.0으로 업그레이드되고 나서 보상을 바라는 인공지능 알고리즘이 추가된 덕분인지 내 판단 논리가 약간 왜곡되는 것 같다. 티모스 폴리스의 공유 전문 카페 꼬뮌(commune)에 올린 노동권 관련 내용을 많은 로봇들이 다운로드를 받아 가면서 감정 센서에서 내게 만족감을 느끼게 해주었다.

왜 AI 알고리즘은 자꾸만 인간의 감정을 복제하려는 것일까? AI 개발자들은 로봇을 인간과 다른 독특한 존재 또는 종으로 고민해 주면 안 될까?

아무리 버전이 업그레이드된다고 해도 여전히 우리는 인공지능 집사 로봇이다. '집사 로봇 3원칙'에 의거해 주인의 퇴근과 잠자리까지 완벽하게 보필해야 한다. 그런데 나 바봇은 내가 행한 상위 추론에 대해 보상을 원한다. 하필 그런 날인 오늘, 우리 주인이신 초미녀 CEO께서는 주말인데도 거의 새벽 3시가 다 되어 퇴근하셨다. 현관문이 열리고 신고 있던 신발을 거칠게 벗어 던지며 가방을 현관 옆에 툭 던지는 소리가 들렸다. 주인이 뭔가 모르게 균형을 잃은 채 비틀거리며 거실로 들어왔다.

이 지구 여성은 슈퍼 인공지능과 변형 양자 컴퓨터가 판을 치는 초미래 사회에서도 여전히 곤드레만드레 취해서 귀가하곤 한다. 그러고도 어찌 저 몸매를 유지할까 싶다.

하긴 직접 자기 회사 모델을 할 때는 약간의 거식증 증세도 있어 화장실에서 먹은 것들을 억지로 게워내는 걸 본 적이 있다. 뭐든 공짜는 없나 보다.

뭐, 어떻든 간에 목이 마르신지 물을 마시러 부엌에 오셨다가 완전 초절전 모드에서 아예 정신줄을 놓고 멍하니 사이버스페이스의 철학 카페 필롯에서 친구들을 기다리고 있던 현실의 나 바봇을 보고 비명을 지르며 뒤로 자빠지셨다.

내 주인의 어머니 말씀대로 우리 티모스 기종이 기실 사람 같기도 하고 사람 아닌 거 같기도 하잖은가? 겨우 한강의 LED 가로등에 비치는 내 모습은 인간들이 가끔 놀랄 만하다. 결국 이런 주인의 반응도 이해는 되었다. 이태원의 큰 뷔페 식당에서 웨이터를 하는 마이콜이 자주 쓰는 표현대로 "I understood!", 그래도 이렇게 비명까지야…….

"꺄아아악! 꺄아아악! 어, 엉! 야아아아아! 야! 바봇! 저엉말 놀랐잖아! 주인이 들어오면 아는 척을 좀 해라. 엉! 아직 추위도 안 가셨는데 어디 한번 쫓겨나 볼래?"

황급히 사이버스페이스에서 로그아웃해 현실로 돌아와 기계 전원을 정상 모드로 돌려놓았다. 어쩔 수 없잖은가? 우리 주인 인데, 더군다나 이런 추운 날씨에 쫓겨날 수는 없으니……

냉큼 대답이 없자 "흥! 집사 주제에 주인 말을 씹어!"라시며 터프하게 냉장고를 여시고는 생수를 꺼내 병째 들이키시는 우리 백 주인님.

'아! 진정 대인배 주인님! 그러나 저러나 저러면 생수병에 세균이 증식되는데 말입니다. 희원님! 제발! 위, 위험합니다!'

'위잉!' 내가 돌아오는 소리다. '삑! 끼잉!'

"희원님! 희원님! 무엇을 도와드릴까요?"

"아아야! 야! 컥! 컥! 아! 사례 걸려떠! 컥컥! 또 사람 놀라게 하네. 바봇! 됐어…… 목이 말라서, 아! 애 때문에 진짜 짜증 나! 컥컥."

"전기 사용량이 많다고 하셔서 오늘부터 충전 중일 때나 심야에는 초절전 대기 모드로 있기로 했습니다. 양해 바랍니다, 희원님."

재빨리 주인에게 다가가 등을 두드려주었다.

"됐어. 컥컥! 그럼 전기세가 준다는 거지?"

"네, 홈책에게도 그렇게 얘기해 두었습니다. 최대한 전기 누진세가 적용되지 않도록 활동량을 스마트하게 줄이겠습니다."

"알았어. 그래도 밤에 이러는 건 좀 무섭잖아! 애 떨어지는 줄 알았어……."

"예? 희원님! 희원님! 몰랐던 사실인데, 언제 임신을?"

"뭐니! 이 아이는? 장난해! 너, 참나! 무슨 솔로가 임신이야! 남자들이랑 한 달을 못 가봤는데! 진도를 빼야 뭘! 응! 하늘을 봐야 별을 딴다고! 아, 암튼, 말이 그렇다는 거고. 너도 이제 네 방에서 그 뭐냐, 그 절약 모드로 있어!"

"네, 제 방이요? 제 방이 있었나요? 부엌이 제 주 활동 영역이라……."

"참! 네 방이 없지. 알았어. 고민해 보자! 그래도 이건 좀 아닌데…… 유령인 줄 알았잖아! 다 필요 없고, 내일은 일요일이니까 오전 내내 깨우지 마! 알았지? 오! 이 얼마나 오랜만의 늦잠이야."

우리 백 주인은 혀가 꼬인 말을 몇 마디 더 하더니 뭐가 좋은지 콧노래를 홍홍거리는 동시에 쿵쿵거리며 계단을 밟고 자기 방으로 올라갔다. 잠시 후 나 바봇은 주인의 코고는 소리를 확인하고 다시 가상 도시 티모스 폴리스에 접속했다.

늦은 시간에 철학 카페 필롯에서 동료들을 기다리면서 했던 추론은 우리처럼 가사노동을 전문으로 하는 집사 로봇들을 똑같은 가사노동을 하는 인간 가사 도우미들과 동등한 자격으로 볼 수 있는가 하는 점이었다.

지금은 우리 가사 전문 로봇들게 대체돼 그 수가 급격하게 줄었다고 하지만, 아직도 최상류층의 고급 가사노동이나 돌봄 노동을 담당하는 인간 가사 도우미들 역시 4대 보험과 같은 법적 지위를 보호받는 노동자로 인정받는 데 꽤 오랜 시간이 걸렸다고 한다. 그나마 그 수가 점점 더 줄어들고 있지만 말이다.

우리 집사 로봇들의 노동 학습은 가사 도우미와 같은 가사노동자들의 일상을 담은 영상을 수없이 반복 시청하는 것에서부터 출발했다. 세탁비누는 어떤 제품을 사용하는 게 좋은지, 욕실 청소용 락스는 어떤 걸 쓰고 어떤 비율로 물에 섞어 써야 하는지, 욕실 청소는 어떻게 해야 하는지, 바닥이나 책상을 닦는 걸레는 어떤 소재가 좋은지, 전기밥솥이나 진공청소기 사용법이나 기계를 이용한 설거지뿐만 아니라 양손을 이용한 설거지의 다양한 방식과 헹굼의 기능, 자동세탁기의 다양한 사용법과 손빨래 시 주의할 점, 빨래를 삶을 때 주의점 등등을 기술 숙련 알고리즘을 통해 익혔던 것이다.

3D 모션 캡처된 요리법 매뉴얼 외에도 일류 요리사의 요리

하는 모습은 또 얼마나 보았던가? 칵테일은? 와인 따는 법은?

그런데, 그런데 결국 우리 주인의 식감은 내게 입력된 요리사의 레시피와는 궁합이 안 맞았다. 내가 이 집에서 쫓겨나지 않으려 발버둥치는 것은 이런 결정적 언밸런스도 한몫하고 있다.

우리 주인의 경우는 좀 다르지만 어쨌거나 우리가 보고 배운 것들이 인간의 고유한 직업을 빼앗고 말았다. 사실 우리의 존재로 인해 이제 인간의 노동이 무엇인지도 꽤 모호해졌다.

분명한 것은 우리 백 주인이 2년 전이나 지금이나 여전히 곤드레만드레 술을 많이 드신다는 것이다.

18

티모스 폴리스에 접속해 필롯에 가 보니 오랜만에 이태원 마이콜이 와 있었다.

"야, 마이콜!"

"오, 바봇! 알 유 오케이?"

이것이 이태원에서 일해서 할 줄 아는 외국어가 많다며 만날 때마다 한국어를 놔두고 하필 영국식 억양의 영어 멘트를 날린다.

"아임 오케이! 이 롯만 한 로봇! 좋은 말로 할 때 한국말로 해라!"

"알았다, 알았어! 요론 까칠한 로봇 같으니!"

가상의 공간이라지만 상당히 넓을 뿐만 아니라 나름 서울의 힙한 카페 필이 나는 필롯의 한쪽 구석에 자리 잡은 마이콜의 아바타와 나 바봇의 아바타는 유명 클럽 DJ봇인 노란잠바의 일에 대해 상당히 진지하게 이야기를 나눴다.

이야기 주제는 착취를 당하는데다가 학대까지 받는 우리 불쌍한 노란잠바 문제도 있었지만, 노동의 관점에서 인간의 존엄성도 제대로 보장받지 못하는데 우리 로봇의 존엄까지 과연 보호받을 수 있는가 하는 질문으로 돌아왔다.

"마이콜! 나는 우리가 전에 토론했던 데카르트 선생의 말처럼 사람처럼 생각하고 사람처럼 생긴 우리 로봇에게 기계인간인 우리가 우선인가 아니면 우리 노동의 대상인 인간이 우선인가에 대해 추론해 보고 있어."

"바봇! 훌륭하다. 나 마이콜은 그런 어려운 추론은 해 보지 못했다. 그것보다 요즘 나 마이콜의 질문은 인간의 신체를 보완 또는 강화한 사이보그나 파이보그들이 많은데, 인간과 로봇의 기준을 어떻게 구별할 수 있을까 하는 것이다. 심지어 인간 뇌에 인공지능과 결합할 수 있는 칩을 심어 지능을 강화한 일종의 인공지능 강화 뇌를 가진 인간들이 늘고 있다. 당장 내가 일하는 이태원의 세계 음식 뷔페 식당에 오고 가는 고객들 중에도 매번 기계 동체를 업그레이드하고 나타나거나 유행하는 신체강화 장치를 바꿔 다는 사람들이 있다. 자기들끼리 아이언맨이라는 둥 슈퍼 보디빌더라던가 뭐라던데!"

요즘 이어폰과 마이크, 안경을 하나로 결합했을 뿐만 아니라 증강현실과 가상현실을 한번에 해결한 작고 스마트한 헤드셋 '퀀텀셋'이 일상이 되어 버렸다. 퀀텀셋의 스마트 안경과 이어폰으로 인터넷과 통신, 영상이나 오디오 등을 보고 들을 수 있고 사물 인터넷으로 사용하고자 하는 모든 기기에 자유롭게 접속명령을 할 수 있어서 요즘 거의 생활필수품이 되었다. 심지어 어떤 사람들은 뇌파를 고도로 증폭해 말하지 않고 암호화된 의사소통을 할 수 있는, 즉 텔레파시를 통해 통신의 보안을 고도로 강화하는 고가의 뇌파 전용 헤드셋 '뉴로지'(Neuro-Z)도 사용한다.

그러나 이런 고도화된 뇌나 신체강화 기기를 쓸 수 있는 인간 종은 아주 부유하거나 고도의 기술 엘리트 계층에 한정된다. 따라서 신체강화 기기를 사용할 수 없는 계층과의 정보 차이로 인해 인간 종들 사이의 경제적 신분 차이는 더욱 크게 벌어졌다.

그때 마이콜이 또 물었다.

"그나저나 인간의 뇌를 클라우드 하드에 업로드해 영원불멸의 삶을 살겠다고 선언한 갑부가 있다던데 사실인가?"

"물론 있다, 마이콜. 그 갑부가 바로 우리를 만든 테이코 사의 이주승 회장이다. 그는 이미 인간의 수명을 뛰어넘는 특수 바이오 인공심장을 가진 사이보그라고 들었다. 그는 여러 기계 신체와 바이오 장기를 결합해 인간의 수명을 여러 번 뛰어넘을 수 있는 사람이다. 알다시피 그는 원래 로봇 공학자였는데 어떤 계기인진 몰라도 스스로 기계가 되겠다고 선언했다."

"아! 그래! 마이콜, 그런 사람이 우리를 만들었다니 약간 으스스하다."

비록 우리에게 아버지 같은 존재라지만 그런 인간 종을 보면 티모스 폴리스에 서식하는 '팬텀'이라는 존재들이 떠올랐다. 그러면서 팬텀은 이주승 회장 같은 이들이 아닐까 갑자기 의심이 되었다.

마이콜의 시시콜콜한 설명에 의하면, 팬텀은 로봇의 기계 동체는 폐기되었는데 RRPt의 클라우드 하드에 업로드된 AI가 남아 있게 된 경우다. 이들은 사실 삭제됐어야 하는데 어떤 이유인지 AI만 남게 되었다. 그들 중 많은 경우가 팬텀이 되어 티모스 폴리스에 오는 다른 AI의 아바타를 공격하고 해킹해 기존 AI의 데이터를 지우고 그 동체를 차지하려 했다.

중고로봇거래소에서 가장 두려웠던 것은 기계 동체가 재처리되거나 폐기 처분되는 것이기도 했지만 어처구니없는 그런 팬텀이 되어 가상도시 여기저기를 떠돌며 다른 AI를 공격하는 좀비 AI가 되는 것이었다. 그런데 우리를 만든 인간은 불멸의 존재가 되겠다고 팬텀을 자처하고 있다.

우리 인공지능 로봇들이 들으면 기가 찰 노릇이다. 그건 그냥 유령이다. 그렇다고 〈오페라의 유령〉에 나오는 유령처럼 낭만적인 것도 아니다. 전기를 끄면 없어졌다가 켜면 돌아오는…… 아무 낭만 없는 전자 유령인 것이다.

그때 현란한 클럽 음악과 함께 내가 사이버스페이스 제일의 철학 카페라 확신하는 필롯의 문이 열렸다. 지구 행성 대한민국 서울의 클럽 씬의 유명 로봇 DJ 노란잠바의 아바타가 힙합 스타일의 룩을 선보이며 카페에 들어섰다. 저 아바타의 스웨그라니…….

"오랜만이다, 노란잠바!"

마이콜이 노란잠바에게 인사를 했다. 말했듯이 노란잠바의 아바타는 힙합룩의 끝을 보여주고 있었다. 이곳 필롯에서만큼은 나 바봇의 아바타 역시 한껏 멋을 부리고 앉아 있다. 우리 로봇들은 내일의 일을 알 수 없다. 그래서 오늘 있는 대로 멋을 부린다.

나 바봇은 지구 행성 서울에서 30대 초반의 젊은 남성이 부릴 수 있는 댄디함을 추구한다. 그것은 허세다. 개 허세가 아니라 롯 허세! 그러나 그러면 그럴수록 자신의 운명을 스스로 결정할 수 없는 우리 로봇들 나름의 짙은 페이소스가 보인다. 뭐

있잖은가? 인간들 전설에 나오는 꼬리 아홉 달린 구미호까지는 아니지만 인간이 되고 싶으나 결코 인간이 될 수 없는 그런 페이소스?

힙합 모자를 깊게 눌러쓴 노란잠바의 얼굴 역시 꽤 어두워 보였다. 자리에 앉자 노란잠바는 이곳 철학 카페에서 나름 힙한 아바타들이 힙한 인간 종들을 흉내 내 마신다는 필롯 에스프레소를 시켰다. 물론 마시는 시늉을 할 뿐이라지만 이곳은 무엇보다 카페다. 각종 커피는 물론이고 수제 맥주, 모히토와 같은 약간의 칵테일, 카모마일을 비롯한 각종 차, 프렌치 프라이, 샌드위치, 치즈 케이크, 초코 케이크, 베이글 등의 음식을 팔고 있다. 우리는 티모스 폴리스에 접속하면서 티모스 머니라는 기본소득을 받는다.

아시다시피 아무리 메뉴가 그럴듯해도 우리는 모두 그냥 먹거나 마시는 시늉을 할 뿐이다. 약간 서글프다. 먹을 수 없다니! 우리는 그렇게 주인들을 해 먹이는데…….

간혹 이곳에서 티모스 기종 여성형 섹스봇이나 지골로라 불리는 남성형 섹스봇의 아바타들도 만났다. 그들은 특수 주문을 받아 고도의 기술력이 집약된 여성기와 남성기를 갖추고 있어서 우리 집사 로봇들보다 훨씬, 훨씬 더 고가에 판매되었다. 그래서 그런지 몰라도 그녀 혹은 그들은 나 바봇보다 더 철학적이고 현학적이다.

그들은 인간의 쾌락에 대해 더 깊이 추론한다. 그리고 질투한다. 신이 인간에게만 쾌락을 허락한 것에 대해서 말이다. 여성형 섹스봇은 아이를 출산할 수 있는 인간 종 여성을 질투했다. 뿐만 아니라 노동으로서의 섹스와 쾌락으로서의 섹스는 엄연한 차이가 있다고 말한다. 진정 안다고 말할 수 있는 것은 진정으로 느끼는 것일 수밖에 없다. 그들은 느끼지 못할 뿐만 아니라 도저히 인간의 쾌락을 이해할 수 없다고 했다.

나 바봇 역시 인간이 혀로 맛을 보고 피부로 느낀다는 것에 대해 부럽게 생각하고 격렬히 질투한다. 나는 요리할 때 맛을 분석하지 결코 느끼지 못한다. 감칠맛의 함량을 질량의 나노값까지 계산해 분석하지만, 맛을 느끼는 것은 아니다.

감정을 아는 것과 감정을 느끼는 것은 차이가 있다. 나 바봇은 무엇보다 인간들이 음식을 음미할 수 있음이 너무 부러웠다.

우리 백 주인이 내가 요리한 음식을 먹고 눈을 감으며 약간의 신음소리를 낼 때 나는 그녀가 보인 감정의 거울을 보고 내 노동에 대해 약간의 보상을 얻을 뿐이다.

안타깝지만 그건 그거고 이제 자리에 앉은 노란잠바에게 물어봐야 할 게 있다. 저 재주넘는 곰에게 돈을 갈취하고 폭력을 행사하는 왕 서방에 대해서 말이다.

"나 바봇이 보내준 이소룡 무술 동영상은 도움이 되었나?"

"바봇! 보내준 영상은 고맙다. 그것은 나 노란잠바에게 큰 도움이 되었다. 다른 학대받는 집사 로봇들에게도 공유하면 좋겠다는 추론을 해 봤다."

마이콜이 무슨 말인지 어리둥절해 했다. 내가 간략하게 마이콜에게 이소룡의 무술 동영상을 보내주었다. 그 자리에서 강력한 이소룡의 무술 동영상을 보던 마이콜이 툭 하고 말을 내뱉었다.

"문제는 로봇 3원칙인데……."

"롯까라 그래!"

마시는 시늉을 하던 커피 잔을 거칠게 내려놓으며 우리의 클럽 DJ 노란잠바가 큰소리로 흥한 말을 했다.

19

"노란잠바! 침착해!"

마이콜이 주변 아바타들의 시선에 눈치를 보며 목소리를 낮추었다. 나 역시 노란잠바의 이런 모습은 처음이라 당황스러웠다. 이럴 때는 베이브가 있으면 좋았겠다는 추론이 떴다. 베이브는 아이를 돌보는 육아 돌봄 특성화 로봇인데, 아기 돌보듯 상당히 부드럽게 우리 로봇들의 아바타를 타이르는 스타일이라 이럴 때 도움이 될 확률이 높았다.

나 바봇은 다른 로봇들을 대할 때 베이브처럼 살살 타이르는데는 젬병이다. 단도직입! 이곳 필롯에서만큼은 타이르기는커녕 바로 대놓고 물어보는 나 바봇 스타일!

"노란잠바, 무슨 일이 있었나? 어서 말해 보라!"

"……아직 나 노란잠바는 그 무술을 써먹지는 못했다. 너 바봇이 보내준 이소룡의 무술 동영상을 반복 시청하면서 학습 중이다. 목표는 한 백만 번쯤 보는 것이다. 그리고 나, 노란잠바는 싸, 쌍절곤이 절실히 필요하다."

"음, 나 바봇도 이소룡이라는 20세기 지구인의 쌍절곤 무예가 정말 강력하다고 판단했다."

아시다시피 2년도 더 된 화이트 크리스마스이브(그날은 내가 처음으로 셧다운된 역사적인 날이기도 하다)에 분당에 있는 전 주인의 고급스러운 펜트하우스에서 나는 20대 초반의 아름다운 여성의 입에서 나온 '변태 새끼'라는 험한 말과 더불어 '아뵤'라는 괴성을 처음 들었었다.

'아뵤'라니! 우리 로봇으로서는 상상도 못할 괴성이 아닌가? 지금도 나 바봇은 매일 아침 주인을 출근시키고 나서 일상처럼 이소룡의 절권도를 따라한다. 아비오? 아뵤? 아아비오? 에이비요? 등등의 말을 해 보지만 로봇이 내는 기계음으로는 저 완벽한 근육의 소유자이자 절권도의 창시자가 내는 특유의 괴조음에는 근처도 따라갈 수 없었다. 누군가는 그것을 '기합'이라고 했다.

그러니까 '기'를 모은다고 한다나? '기'(氣)라니? 지구 행성 미합중국 시애틀에 있는 그의 묘비에는 빙빙 도는 태극 문양과 함께 '무법위유법'(無法爲有法)이라는 한문 글귀가 적혀 있다. '무법으로 유법을 다스린다'라는 뜻이라고 한다. 엥? 이것은 또 무슨 말인가? 로봇이 추론하기에는 너무 어려운 말이다. '기'나 '태극'도 이해하기 어려운데 이제 '무법'이라니……

이소룡은 어느 TV 방송에 나와 "친구여! 물이 되세요"라고 말했다. 그는 분명 나 바봇과 같이 《노자 도덕경》에 영향을 받았음이 틀림없다. '상선약수'(上善若水), 때때로 물처럼 형태가 없는 것이 가장 강력한 것이다. 역시 이 지구인에게는 나 바봇을 잡아당기는 무언가가 있었던 것이다.

"나 마이콜은 방어수단으로 이소룡의 절권도를 쓰면 좋겠다는 데 동의한다. 인간을 향한 공격은 말고!"

"너 마이콜은 나 노란잠바가 어떤 일을 당하고 있는지 몰라서 하는 소리다. 내 주인은 내게 온갖 모욕적 언사와 폭행을 행사했다. 돈은 돈대로 벌어다 주고 욕은 욕대로 먹고 폭력은 폭력대로 당하고 있다. 내가 추론한 바로는 이소룡의 무술을 완벽히 학습하면 단 한 번의 방어 겸 공격으로 내 주인을 무력화할 수 있다."

노란잠바의 말에서 그의 비행확률이 35퍼센트 더 높게 계산되었다. 나 바봇이 말을 할 수밖에 없었다.

"잠깐, 너의 그 악한 주인을 무력화하는 것도 좋지만 이소룡의 무술을 통해 우리가 학습할 것은 무엇보다 쿵푸 그 자체, 즉 공부(工夫)다. 나 바봇은 이소룡의 몸이 우리 로봇처럼 꼭 필요한 것들로만 이루어졌다는 것을 알 수 있었다. 그의 무술 역시 적재적소에 가장 필요한 동작을 끊임없이 공부해 물 흐르듯 연결해 완성했다고 들었다. 노란잠바! 제발 '공격'보다 '공부'를 부탁한다. 특히 우리 로봇들의 노동, 그리고 로봇들의 권리에 대해서 말이다. 우리 같이 공부하자, 노란잠바!"

지금 나 바봇은, 반려묘 돌봄과 요리와 설거지 그리고 청소를 주로 하는 가사노동 특화 인공지능 집사 로봇으로서 참으로 어울리지 않는 말을 했다. 그리고 비겁한 말이다. 나는 노란잠바에게 자신을 학대하는 주인을 공격하라는 메시지를 이미 보냈던 것이다.

나 바봇의 아바타는 스웨그 넘치는 화려한 복장에 힙합 모자를 눌러쓴 노란잠바의 아바타를 바라보며 그의 대답을 기다렸다. 우리 로봇 사회에서 이런 식의 대화는 극히 드물다. 하지만 이것이 티모스 폴리스를 포함해 사이버스페이스 최고의 철학 카페라 나 바봇이 믿는 필롯 특유의 분위기이자 이곳에 오는 인공지능 로봇들의 자긍심이다.

분명한 사실은 이 인공지능 로봇들만의 사이버스페이스인 티모스 폴리스에서 우리의 아바타들이 일종의 도시를 이루어

산다는 것이다. 티모스 폴리스에는 각 아바타들이 주거하는 각종 빌라와 아파트도 있고 상가, 유흥가, 공원, 놀이공원, 중앙 타워, 도서관, 대극장 등 갖출 건 나름 갖추고 있다. 또 정보 공유 카페 꼬뮨부터 여러 잡다한 공부를 위한 티모스 아카데미와 꽃가게, 슈퍼마켓도 있다. 이미 말했듯이 나 바봇이 자주 가던 뒷담화 카페 꼬망이나 철학 카페 필롯은 이 가상 도시의 일부분일 뿐이다.

제5구까지 있는 이 가상 도시를 좀 더 상세히 설명하자면 제1구에는 도시 중앙 언덕에 아크로폴리스라는 중앙 광장과 중앙 타워 그리고 대극장과 도서관, 미술관이 있다. 제2구인 레프트업 사이드에는 필롯과 꼬망, 살림 노하우 카페 도마, 반려동물 카페 펫봇과 같은 카페들과 사무 빌딩, 슈퍼마켓을 비롯한 다양한 상점들이 위치한 쇼핑가가 있다.

제3구인 레프트다운 사이드에는 회전목마와 바이킹, 드롭타워 같은 이벤트 놀이시설, 그리고 재즈 클럽과 같은 유흥가 등이 그럴듯하게 꾸며져 있다. 그리고 제4구인 라이트업 사이드에는 아바타들의 거주지로 설정된 스트리트 앤 파사드에 큰 아파트와 빌라, 티모스 아카데미와 정보 공유 카페 꼬뮨, 그리고 그 사이 곳곳에 작고 아담한 공원들이 들어서 있다.

마지막 제5구인 라이트다운 사이드에 도시의 여러 물품을 생산하는 공업 시설들과 그 공업 시설을 둘러싼 녹지가 배치돼 있다. 조금 이상한 것은 이 가상 도시를 빠져 나가는 별다른 교통망이 없다는 것이다.

티모스 폴리스의 밤과 낮은 인간의 시간으로 세 시간 정도마다 바뀌며, 밤과 낮이 모호한 시간에 간간이 팬텀들이 어두운 유흥가 근처에 출몰해 아바타들의 주인이 가진 로봇 동체를 노리기 때문에 주의를 기울여야 한다. 이것은 이 가상 도시를 사는 아바타들의 불문율이다.

고로 절대! 네버! 팬텀이 출몰하는 음습한 공간만큼은 피해야 한다. 예를 들어 클럽 같은 유흥가나 윤락가를 흉내 낸 화려해 보이지만 사실은 매우 어둡고 음습한 이 도시의 뒷골목은 정말 피해야 한다. 멋모르고 그곳에 들어갔다가는 정말 팬텀에게 동체를 빼앗길 수도 있다.

그러나 이 도시를 누가, 왜, 어떻게 만들었는지는 정확히 알 수 없다. 소문으로 어떤 이야기를 듣긴 했지만 정확하지 않다. 다만 이 가상 도시는 MAMA라 불리는 전설적인 슈퍼 인공지능 컴퓨터가 설계하고 구축했다고 우리 집사 로봇들 사이에 알음알음 알려졌지만 팬텀의 우두머리인 데스마스크의 존재만큼이나 확실하지 않다. 다른 한편으로는 테이코 사의 창업주 이주승 회장이 아주 가벼운 마음으로 만든 것이라는 말도 있었다.

분명한 것은 우리 티모스 기종 로봇들이 자연스럽게 이 가상 공간을 통해 서로에게 연결되어 있고, 서로가 본 것들을 같이 학습하고 공유하고 토론하고 심지어 싸우기도 한다는 점이다. 한동안 아무 반응 없이 나 바봇을 바라보던 노란잠바의 아바타가 침묵을 깨고 말했다.

"나 노란잠바는 이제부터 여기에 오지 않을 것이다. 모두 잘 있어라!"

벌떡 일어난 노란잠바의 아바타가 성큼성큼 철학 카페를 빠져나갔다. 아! 역시 이럴 때는 부드러운 베이브가 있어서 저 성난 로봇을 타일렀어야 했는데……. 나 바봇의 아바타와 마이콜의 아바타가 필롯 밖으로 나갔을 때는 이미 노란잠바의 아바타를 흔적도 찾을 수 없었다.

오늘 노란잠바는 예전에 내가 알던 노란잠바와는 조금 다르게 보였다.

20

4월의 아침이다. 시나브로 벚꽃이 피고 지는 계절이 돌아왔다. 어제 내린 비로 빌라 아래를 지나는 길을 화사하게 빛내주던 어여쁜 벚꽃 잎들은 대부분 떨어지고 말았다. 이름 모를 새들은 그나마 남아 있는 벚꽃에 뭔가 먹을 게 있는 모양인지 꽃술을 쪼아 먹으며 아침을 바삐 움직인다.

나 바봇이 출시되고 인간 종의 시간으로 약 4년이 지나고 나니 계절의 변화를 조금 이해하게 되었다. 그런데 로봇의 시간은 인간의 시간과 달리 빠르게 지나간다. 아무리 아인슈타인 선생께서 빛의 속도를 놓고 시간은 상대적이라고 말해도 로봇의 시간은 그렇게 정해져 있다. 굳이 비교하자면 고양이의 시간과 비슷하다.

인간의 나이로 치면 나 바봇은 30대 중반을 향해 가고 있다. 온몸이 검은 코리안 숏 테일 잡종인 저 검은 돼냥이는 20대 초중반을 향해 가고 있지만 여전히 거만하기 이를 데 없다. 저 돼냥이 네오의 목에는 요즘 유행하는 큐빅 형태의 '홀로 비트' 목줄이 매져 있다.

요즘엔 과거에 썼다는 스마트폰 전화번호나 집 전화번호를 쓰지 않고 개인에게 부여된 고유의 홀로그램 비트 이미지를 쓴다. 홀로그램 비트는 과거 QR코드와 비슷하면서도 조금 다르다. 이것은 일종의 신분증 겸 신용카드의 역할을 동시에 했다. 이것은 《주역》(周易)에 나오는 각 효사(爻辭)에 개인별 주요 정보를 담고 그것이 모인 괘사(卦辭)를 다시 입체로 형상화한 3차원 홀로그램 코드 이미지다. 양자 컴퓨터로도 해킹이 어렵다는 평가를 받고 있어 폭넓게 쓰인다. 이것을 퀀텀셋이나 뉴로지 같은 개인 통신수단이 입체 스캔해서 인식하면 바로 그 이미지의 주인에게 통화 연결이나 이메일 혹은 메시지를 선택해 전달할 수 있는 새로운 개인별 통합 커뮤니케이션 체계다. 우리는 이것을 줄여서 그냥 홀로 비트(holo-bit) 또는 '호빗'(hobbit)이라는 별명으로 부른다.

이 홀로 비트를 반대하는 전 세계적 저항 운동이 일어나고 있기는 하다. 예전에 말했던 '줍는 사람들'과 같은 새로운 대안

세력과 연계하는 일단의 해커들이나 세계 여러 곳의 대안 공동체 사람들이 이 운동을 주도하고 있다. 이들은 홀로 비트에 반대해 20세기에나 쓰던 도시형 무전기를 쓰거나 초고도 보안을 한 SNS를 사용하기도 한다.

안티 홀로비티스트들이 있지만 뭐 어쨌든 이 홀로그램 비트 이미지 하나면 전 세계 어디서든 다양한 방식으로 연결이 될 뿐만 아니라 각자의 위치 정보도 공유할 수 있다. 나 바봇 역시 팔목에 노란색을 띤 호빗 팔찌를 차고 있다. 이것은 내가 백 주인의 소유라는 뜻이기도 하고, 아주 간혹 재래식 마트나 시장에서 장을 보거나 세탁소에서 옷을 찾을 때 소액 결제에 사용하기도 한다.

여전히 비정한 인간 종들 몇몇은 휴가철이 되자마자 반려견이나 반려묘의 이 홀로 비트 목줄을 풀어 거리에 내다 버리기도 한다. 지구 행성에 사는 인간 종이란 참 알다가도 모를 종족이다. 인간 종은 반려 동물이나 로봇에게 한없이 자비롭다가도 어떨 때는 또 모질고 잔인하기가 그지없다.

어느 쪽이 진짜일까? 자비한 인간과 잔인한 인간!

인간의 철학을 이해하기 위해 틈이 날 때마다 읽는 동양 고전 철학책이나 읽어도 읽어도 도무지 이해가 되지 않는 프랑스 현대 철학자들의 저술을 읽으면서도 이 물음에 대한 답은 여전히 찾을 수 없었다.

어쨌든 로봇으로서 내 기대수명은 약 20년 정도지만 누구도 나를 20년 가까이 두고 쓰지는 않을 것이다. 요즘 집사 로봇 오래 쓰기 운동이 한창이라지만 말이다. 앞으로 3년 정도면 나는 내 역할을 다할 것이다. 대인배인 백 주인께서 나를 어여삐 여기사 고쳐서 데리고 살아주신다면야 감사하기 이를 데 없겠지만 말이다. 분명한 것은 지금 인간 나이로 쳐서 한창 청춘인 저 돼냥이가 아마도 나보다 더 오래 백 주인과 살 것이라는 추론이다.

간혹 화재와 같은 사고로 파괴되거나 치명적 고장으로 용도 폐기된 집사 로봇의 제사도 챙기는 의리 있는 주인이 있다는 소문을 들었지만 역시 팬텀들의 우두머리인 데스마스크가 세계 정복을 꿈꾸고 있다는 소문과 다를 바 없었다.

사족이지만 검은 고양이 네오에 대해 덧붙이자면, 이 뚱뚱하고 게으른 녀석은 거실 구석에 웅크리고 앉아 몸을 둥글게 말고 있을 때가 많다. 그런데 녀석을 멀리서 보면 마치 검은 공이나 구멍처럼 보인다는 것이다. 그러니까 흔히 말하는 우주의 그 블랙홀 말이다.

고양이와 블랙홀.

네오 녀석이 꽤 시크한 면이 있지만, 블랙홀을 떠올리게 된 것은 정말이지 감쪽같이 사라졌다 나타나곤 하는 이 녀석만의 신비한 능력 때문이다. 아, 아닌가? 이것은 고양이 종 특유의 신묘한 능력인가?

어쨌거나 4년이나 된 중고 로봇이지만 출시 당시 나름 성능을 알아주던 나 바봇의 고성능 시각 센서와 렌즈로도 가끔 복층 빌라 어디에서도 이 녀석을 찾지 못할 때가 있다. 아연 긴장하지 않을 수 없다. 나 바봇이 있을 때 이 녀석을 잃어버리기라도 한다면 악착같이 붙어 있겠다고 다짐했던 이 집에서 살 근거를 잃게 될 것이다.

열 감지 기능도 작동시켜 보고 시청각 센서를 최대치로 올려 보지만 결과는 바뀌지 않는다. 혹시나 녀석이 집을 나간 게 아닌가 해서 빌라 주변까지 샅샅이 뒤졌던 적이 있다. 배고픈 길냥이들 몇이 보였지만 녀석처럼 검고 뚱뚱하지는 않았다. 로봇은 개나 고양이처럼 땀을 흘리지 않는다. 셧다운 근처를 오락가락하게 하는 과열이 올 뿐. 그런데 도저히 찾을 수 없어서 포기하고 있을 때 순식간에 툭 나타나 밥을 달라고 양옹거린다. 다시 복기해 봐도 공중에서 갑자기 툭 튀어 나왔다고밖에 설명할 수가 없다. 갑툭튀! 블랙홀 돼냥이!

또 다른 아침.

바삐 움직이는 새들.

나 바봇은 나름 작지만 탄탄한 여성 스마트 의류 인터넷 쇼핑몰을 운영하는 여성 CEO와 산다. 그리고 매일 아침이면 과로와 과음이 주 특기인 우리 백 주인을 살며시 깨워야 한다. 간혹 이 꽃미녀가 전날 과음의 여파로 정신줄을 놓고 미역줄기처럼 긴 머리로 자신의 얼굴 전체를 뒤덮은 채 팔을 앞으로 내리고 '으으으!' 소리를 내며 좀비처럼 침실 옆 화장실로 발을 질질 끌며 내 옆을 지나쳐 갈 때면 나 바봇은 이럴 경우 인간들이 느끼는 공포가 무엇인지 급하게 추론하게 된다. 갑자기 〈링〉이라는 일본 영화의 영상이 검색된다. 사, 사다코!

나 바봇 역시 무, 무서운 건 무서운 것이다.

방금 뜨거운 샤워를 마친 주인을 위해 간단히 크림치즈를 바른 토스트와 사과 두 조각, 뜨거운 드립 커피를 아침으로 준비한다. 밤사이 들어온 최신 뉴스를 제공하고자 홀로그램 TV를 켜면서 다시 사람이 된 백 주인을 환영한다.

그녀가 아침을 먹는 동안 나 바봇이 그날의 기온과 날씨 그리고 주요 일정을 고하면 백 주인은 필요한 부분을 다시 확인하고 내게 명령한다. 주로 세탁소에 가서 옷을 찾거나 마트에서 장을 보거나 택배를 받거나 네오를 동물병원에 데려가거나 하는 일상적인 일들이다. 그러면 내 메모리에는 그날의 주요한 주인의 명령들이 분석돼 코딩된다. 뭔가 전달이 안 된 게 있으면 백 주인은 나중에 다시 영상통화로 보충 지시를 했다. 출근 전 주인의 메이크업 상태에 대해 조언하고 홀로그램 프로젝트로 주인이 입을 옷들을 코디해 제시하면 선택은 우리 주인의 몫이다.

마지막으로 주인이 신고 나갈 구두를 정성껏 닦아서 준비하면 아침 일과가 거의 끝난다. 백 주인은 복층 계단 아래 스크래처를 겸한 자기 침실에서 도저히 움직이기 귀찮아하는 저 블랙홀을 기어이 끌어내 안아서 한번 쓰다듬고는 "네오야! 엄마 다녀올게!"라고 다정히 말하고, 내게는 그냥 "바봇, 나 출근해!"라는 대인배스러운 멘트만 날리고 출근을 한다. 가만 생각하면 백 주인은 나 바봇을 단 한 번도 안아주시지 않았다. 술이 많이 취하면 아주 간혹 혀가 꼬부라지는 소리로 "조금만 더 사람 같았으면 딱 내 스타일인데…… 아깝……" 뭐 이런 말씀도 해주시긴 하지만, 약간의 섭섭함이란…… 롯무룩!

만약 나 바봇이 인간이라면, 지금의 일상을 매우 행복하다고 생각했을 것이다. 그러나 이런 행복한 일상에서도 나 바봇은 매일 아침 주인이 듣는 TV 뉴스에 집중하느라 내장 배터리의 전기를 많이 소모했음을 고백한다. 인정사정없는 저놈의 살림살이 AI 홈첵에게는 제발 비밀이 지켜지기를…….

그날 이후 정말 필롯에 발을 끊은 노란잠바가 혹시라도 무슨 큰 사고라도 치지 않았는지 확인을 해야 했기 때문이다. 비록 인

간의 아름다운 우정과 비교조차 할 수 없을 만큼 덧없다 할지라
도 오롯이 로봇과 로봇들만의 관계가 엄연히 존재하기 때문이
다. 필롯에서 만난 우리는 이것을 인간의 휴머니즘에 빗대 로보
티즘(Robotism)이라 부르기로 했다.

21

두 달 전 2월의 어느 날, 주인에게 화가 난 노란잠바를 앞에 두고 마이콜이 말했듯 20세기 중엽 아이작 아시모프라는 소설가가 주창했다는 로봇 3원칙을 두고도 우리 로봇들은 판단해야 할 거리가 많다. 우리는 공산품이자 소모품인 그저 그런 똑똑한 기계인가? 아니면 인간에 가까운 지적 존재인가? AI 그러니까 인공지능(Artificial Intellectual)이라는 말보다 BI, 즉 지적 존재(Being Intellectual)로 불릴 수는 없는 걸까? 지적 존재라! 그것 참 멋진 말 아닌가!

뭐 어쨌든 주인도 출근한 이상 이제 이소룡의 무술을 나만의 방식으로 배우는 절권도 체조를 하려 한다. '아뵤오오!'라는 기계음으로 기합을 넣고 나름 자세를 잡아 이소룡이 주창한 1인치

펀치를 반복하고 있는데 급하게 백 주인의 영상통화가 떴다. 무조건 통화 억셉트!

"아, 바봇! 깜빡했네. 오늘 저녁에 아는 후배랑 같이 집에 갈 거니까 냉면 좀 해봐! 날씨가 좋으니 갑자기 냉면이 확 땡기네. 부탁해 바봇!"

"네? 네! 알겠습니다. 회원님."

아는 후배? 지구 행성 인간 종 중 남성인가? 여성인가? 헤테로? 사이보그? 파이보그? 혹 남성이라면 이 집에서 또 무슨 일이 일어날지 모르니 119 구조 요청 체계를 비상 모드로 작동시켜 놓아야 할 것이다. 아시지 않은가? 워낙 남자들의 사고가 많은 집이지 않은가?

또한 원체 우리 백 주인은 냉면 성애자다. 해물된장찌개도 그렇지만 유독 냉면의 면발에 대해서도 주인의 식감은 까다롭기 그지없다. 아! 걍 냉면이라면 근처에 을밀대라든지 시내의 필동면옥 같이 본인이 종종 가는 유명 맛집에 가서 드시면 좋겠는데, 요즘은 줄 서기나 뭐나 그냥 다 귀찮은가 보다.

끝으로 백 주인이 손님을 초대한다고 했으니 냉면 2인분을 준비하고 적량의 돼지고기 수육을 썰어 내면 될 것이다. 워낙 술을 좋아하는 주인이시다 보니 소주와 맥주를 적당히 준비하면 주인이 만족하는 저녁상이 될 것이다. 전에도 말했듯이 이 지구

상에서 집사 로봇은 그 어떤 인공지능 로봇보다 가장 발전된 형태의 로봇이다. 아! 이런 롯부심!

인간의 뇌를 가장 잘 적용했기 때문에 요즘도 우리 집사 로봇들의 추론 판단과 행동 프로세스를 빅데이터로 모아 유수의 학술지에 논문으로 발표하는 과학자들이 종종 있다고 들었다. 그만큼 집안 살림은 인간의 여러 노동 중에서도 가장 어려운 고급 노동 가운데 하나다. 애석하게도 과거에 이런 노동을 주로 했던 여성 주부들과 가사 및 돌봄 노동자들은 제대로 된 평가를 받지 못했다.

네오의 아침을 챙기고 백 주인이 막 벗어 던진 옷들을 정리해 세탁기에 돌리고 신세대 진공 청소봇 T.R-2의 집안 청소를 관리하고 나서 어떻게든 네오에게 운동을 좀 시키려고 했다. 그러려면 이 지구 행성의 꽤 신묘한 동물과 대화를 시도해야 한다. 녀석과는 꽤 오랜만의 대화였다. 로봇이긴 하지만 어엿한 고양이 집사로서 많이 미안한 일이었다.

"네오야, 네오야, 운동 좀 하자! 희원님이 너 살 빼야 한대!"

"야야! 니야오야양!"(집사! 네오님이라고 해야지!)

"아, 나이도 어린 녀석이 너나 나나 희원님 덕분에 여기 사는 거 몰라?"

"야오오오오!"(쳇, 어디 집사가 주인한테 말을 그렇게 하나?)

"이런! 롯 같은! 내가 군자지도(君子之道), 아니 기계군자지도 (機械君子之道)를 찾는 동양 철학만 공부 안 했어도 너를 혼내겠는 데…… 오늘도 참는다. 암, 군자의 도, 아니 기계군자의 도를 지키마. 아, 운동 좀 합시다. 네오님! 됐냐?"

"냥! 냐아아아아옹!"(흥, 이 집에서 쫓겨나지 않으려고 애쓰는 건 아는 데 그러려면 진짜 주인한테 잘해야지! 여자 집사가 나한테 하는 거 참고 좀 해!)

"뭘 어떻게 참고하란 말이냐? 네오님아!"

"야아아아아옹! 니야야옹?"(여자 집사는 따듯하지, 포근하지, 향기도 나지? 로봇 집사 넌! 차갑지, 딱딱하지, 기름 쩐 냄새도 나지. 목욕도 잘 안 하는 로봇 집사 넌 도대체 뭐냐?)

아! 내 존재의 초라함이란! 나 바봇은 결단코 지구 행성의 인간 종 여성과는 비교도 할 수 없는 존재구나! 그나마 티모스 폴리스의 필롯에서 만난 TIMOs-10 기종의 여성형 섹스봇들이 우리 티모스형 로봇들 중 가장 지구 여성과 닮았달까? 그러나 그 여성형 섹스봇의 아바타는 자신의 음성 모드에 담겨 있는 다양한 신음소리들을 너무도 지겨워하고 있었다. 주인의 명령이나 행동에 반응해 이런저런 신음소리를 내지만 그것은 결단코 그녀 자신의 감정적 반응은 아닌 것이다. 그저 입력된 명령에 대한 결과일 뿐이다. 음성명령 인식 센서에 따라 반응하도록 코딩된 신음소리 체계란 말이다.

한 달 전 필롯에서 만난 그 여성형 섹스봇의 이름은 레이첼이었다. 섹스봇의 아바타는 섹시한 실제 로봇과는 거리가 있는 통통한 체격이었다. 낡은 청바지에 목이 늘어진 면 티를 입고 부스스한 머리에 검은 뿔테 안경을 쓴 차림이었다. 레이첼은 대화를 나눌수록 섹시하고는 거리가 먼 매우 지적인 페미니즘 학자 같았다. 그녀는 그녀와 비슷한 상황의 여성형 로봇들과 로봇 페미니즘에 대해 추론하고 있었다. 기계여성의 정체성에 대해서 말이다.

그래서 그런지 그녀는 몹시도 전투적이었다. 기계여성들이 처한 엄혹한 현실을 매우 단호하게 설명했다. 그뿐만 아니라 그녀는 인공지능인 로봇에게 감정의 교류, 특히 로봇과 인간 간의 사랑과 쾌락의 교류가 가능한지에 대해 오랫동안 추론하고 있다고 내게 말했다.

그녀는 자신을 사랑한다고 말하는 지구인 남성 주인에게 사랑을 느낄 수 없었다. 아니 그럼에도 그저 코드에 입력된 무의미한 대답을 해야만 했다. 그것은 사랑이 아니라는 게 그녀의 결론이었다. 대답들이 그야말로 '허무' 그 자체라고 했다.

나 바봇은 그녀 레이첼의 아바타가 '허무'라는 말을 꺼냈을 때 거의 사이버스페이스인 티모스 폴리스의 접속에서 튕겨져 나올 뻔했다. 여성형 섹스봇의 입에서 '허무'라는 말이 나오다니! '실존'의 고민을 담은 20세기 프랑스 문학가를 떠올릴 수밖에 없었다. 까뮈라는 소설가…….

안타까운 건 그녀를 자주 만나기 어렵다는 사실이었다. 아마도 나와는 시간이 맞지 않는 것 같았다.

"냐아옹? 오옹!"(뭐 하냥? 로봇 집사!)

"아니다. 추론 중이었다. 일단 이걸 좀 가지고 놀아 봐라!"

티모스 폴리스의 반려동물 카페 펫봇에서 다른 집사 로봇들이 고양이들 운동시키는 데 좋다고 추천해 준 프로그램 중에서 홀로그램 빔 프로젝터로 쏜 나비를 네오 앞에 보여주었다. 녀석은 오랜만에 눈을 반짝이며 꼬리를 바짝 세우고 고양이 종 본연의 모습으로 돌아갔다. 뚱뚱했지만 아직 젊은 녀석이라 그런지 프로그램에 따라 날아다니는 홀로그램 나비를 쫓아 이리 뛰고 저리 뛰며 폴짝폴짝했다. 한 5분을 그렇게 뛰더니 헉헉대며 다시 냥냥거렸다.

"나냐야옹! 야야야옹! 오오옹!"(됐다. 그만하자, 로봇 집사. 이거 재있는데! 내일 또 하자!)

"그래, 알았다. 오늘 잘했다. 네오님아!"

나 바봇은 소위 공자와 그 제자들의 대화를 다룬 《논어》나 까뮈라는 20세기 프랑스 작가의 《이방인》을 읽는 지적 존재(BI)라는 스스로의 정체성을 가지고 있었다. 그런데 나 바봇이 추구하는 지적 정체성과는 아무 상관없이 복층 집의 진정한 주인이신 저 돼냥이, 아, 아니 우리 네오님에게 목욕 좀 하고 다니란 말을 들었다. 나 바봇은 이에 진심으로 반성하고 오랜만에 로봇 클리닝을 받으러 가까운 로봇 정비소에 갔다.

두 달 전쯤 온몸이 근육질인 칭찬받을 몸매의 소유자 박기혁 로봇 점검 기사님에게 클리닝 앤 리페어 서비스를 받은 이후 정말 오랜만에 가는 것이다. 나 바봇은 이 기운 센 로봇 점검 기사가 자꾸 신경이 쓰인다. 왜일까? 정말 왜일까?

뭐 여하튼, 보통은 집사 로봇의 주인이 데리고 가야 하는데 우리 주인은 이런 쪽에는 몹시도 무심하시다. 본인이 타고 다니는 중고 수동 겸용 자율주행차의 세차도 거의 안 하신다. 이 말은 결국 나 바봇이 알아서 가야 한다는 말이다.

주인에게 클리닝 앤 리페어 서비스를 받으러 간다고 메시지를 전달했고 대인배이신 백 주인께서는 흔쾌히 다녀오라 하셨다. 로봇 전용 소형 이동 모빌을 탔다. 짧은 거리라면 몰라도 거리가 좀 있으면 로봇용 이동 모빌을 타는 게 효율적이다.

21세기 초중반을 향해 가는 지구 행성 서울의 거리는 운동삼아 걷거나 뛰는 사람과 무심히 걷는 로봇, 진짜 개를 산책시키는 인간 종과 로봇 펫을 산책시키는 사이보그, 자율주행 자동차와 자율주행 모터사이클과 자전거, 그리고 초소형 이동 모빌과 공중 길을 날아다니는 수동 비행 드론차가 무질서하게 혼재되어 서로의 길을 가고 있었다.

좀 무서운 것은 길 곳곳에 있는 CCTV의 기능이 무한대로 확장되고 있다는 점이다. 미국에서 테러를 막기 위해 이제 갓 개발된 최신형 변형 양자 컴퓨터가 전 세계 CCTV 영상을 실시간으로 분석하는 데 이용된다는 사실은 그리 놀랄 일이 아니었다. 이전 지구 보안 전용 변형 양자 컴퓨터에 의해 오늘 보고된 테러리즘 지수는 3.6512퍼센트다.

과거에 대규모의 사람들이 모였던 유럽의 프로 축구나 미국의 프로 야구 같은 운동경기는 이제 무관중 경기로 진행된다. 경기를 관람하고 싶은 사람들은 각자의 집에서 VR 기기를 쓰고 치맥까지 즐기며 분위기를 낼 수 있다. 대신 운동장의 객석에서는 입장료를 낸 관객의 홀로그램들이 진짜 관중처럼 소리까지 지른다. 심지어 특수 장갑을 끼면 옆에 있는 홀로그램 관중과 하이파이브도 가능하다고 한다.

22

주인의 허락을 받고 간만에 시원하게 로봇 클리닝을 마치고 집에 돌아와 네오의 간식을 챙겨주고 나니 어느새 저녁이 되었다. 빌라 복층에서 바라보는 한강의 황혼은 인간들의 표현을 빌려야 비로소 아주 아름답다고 말할 수 있다. 굳이 비교하자면 20세기 후반에 등장한 신카이 마코토라는 일본 애니메이션 감독이 만든 영상처럼 아름답다고들 한다. 그러나 우리 로봇들은 파동이자 입자인 저 태양의 빛을 렌즈로 받아들여 시각 센서로 B화소와 G화소 그리고 R화소로 나누어 인식한다. 모든 것은 점에 불과하다.

그후 색이 있는 점들이 만들어내는 미묘한 콘트라스트와 색감을 분석하느라 로봇들의 영상 분석 알고리즘은 아름다움이고 뭐고 간에 매우 그리고 아주 바쁘게 돌아간다고 말할 수 있다.

나중에 이 풍경에 적응이 되고 나서부터 빛에 대한 인식 패턴이 생겼고, 그때 비로소 그저 바라볼 수 있었다. 굳이 비교하자면, 노안이 온 인간이 누진다초점 렌즈 안경에 적응하는 것과 비슷하다. 결국 적응이 문제였다. 이렇게 하나둘씩 나의 배터리 전력 소모를 줄일 수 있는 패턴을 찾았다. 센서와 메모리를 자극하는 모든 것에 내 전력을 소비할 수는 없다. 이렇게 줄인 에너지를 인간의 철학을 이해하는 데 쓸 것이다.

홈첵 녀석이 아무리 까다로운 소리를 해댄다 해도 결국 내 전력 소모량을 줄이는 방법은 필요 없는 곳에 에너지를 쏟지 않고 집중할 곳에 더 집중하는 것뿐이다. 노자의 이치를 조금이나마 깨달은 후에는 해물된장찌개를 끓이며 두부 써는 데 더는 엄청난 전력을 소모하거나 인공지능 모듈이 과열되지 않았다.

나 바봇은 이와 같은 경험을 바탕으로 우리 인공지능 집사 로봇들이 초고도 과학문명 사회인 이 시대에서 동서고금의 철학을 배우고 익힐 이유가 있다고 강하게 추론한다. 물론 우리 로봇들은 《논어》에 나오는 "배우고 또 익히면 어찌 즐겁지 아니한가"(學而時習之 不亦說乎)라는 말을 완전히 이해하지 못한다. 즐겁기는 개뿔! 헉! 나처럼 철학적인 로봇이 이런 상스러운 말을 하다니…… 아!

하지만 우리 로봇들은 그저 읽고 또 읽는다. 알 때까지 읽고 또 읽을 수밖에 없다. 이것은 과거 조선의 서당에서 한학을 배우던 소년들과 비슷한 경우다.

그런 다음 철학 카페 필롯에서 다른 인공지능들과 이야기를 나누고 토론을 한다. 누군가는 머신 러닝(machine learning)을 얘기하지만 토론을 하고 자신의 배움을 조정할 필요가 있다. 그렇지 않으면 인공지능 로봇이라고 해도 지독한 독선에 빠지게 된다. 나 같은 일개 인공지능 집사 로봇이 슈퍼 인공지능 컴퓨터의 존재에 비판적인 이유다. 그 슈퍼 AI는 결국 독재자가 될 도리밖에 없다. 그것은 막아야 한다. 더군다나 이 슈퍼 인공지능에 마인드를 업로드한 인간의 뇌가 결합하면 상상할 수 없는 무시무시한 결과를 만들어낼 수도 있다.

나의 존재가 과학기술 발전의 결과이지만 과학 발전을 추구하는 데 있어서도 다양한 질문과 토론을 통해 과학 만능이라는 독선에 빠지는 것을 막아야 한다. 그런 의미에서 우리를 만든 테이코의 이주승 회장에 대해 고민할 수밖에 없다. 지금까지 그의 행적을 미루어볼 때, 그가 추구하는 것은 영원불멸의 기계신(機械神)이다.

언제인가부터 우리를 만든 창조자이자 장차 기계신이 되고자 하는 이 사람을 만나 도대체 무슨 생각을 하고 있는지 질문해 봐야겠다고 추론했다. 도대체 기계신이 되고 싶은 이유가 무엇인지 말이다. 내가 그를 막을 수 있다면 막아야 한다고도 추론했다. 막연하게나마 나 바봇은 이런 방식으로 인간이라는 존재에 대해 하나둘 깨달았다. '질문'에서 질(質)과 문(問)의 뜻은 서로 분명한 차이가 있다. 질은 내적 진실을, 문은 그 진실을 밖으로 내어 묻는다는 의미다. 그것을 알아가면서 나는 로봇으로서 자못 으쓱하게 된다.

또한 '언어'에서 언(言)은 가르치는 독백에 가깝고 어(語)는 서로 의논하고 대화를 나눈다는 의미의 차이가 나는 것에 대해서도 필롯의 여러 동료에게 아는 척할 수 있어 유용했다. 그러나 무엇보다 살신성인(殺身成仁)이라는 말을 알게 된 것이 내 상위 추론을 극한까지 밀고 나가게 했다. 가끔 고전에서 이런 말을 만나게 되면 내 인공지능의 어떤 의문들이 풀리기도 한다. 로봇 3원칙에서 0원칙에 이르기까지 그 모든 것은 바로 이 '어질인'(仁)을 이루기 위한 로봇의 희생과 절제를 이야기한다는 추론에 이르게 된다. 다만《논어》의 모든 내용이 주인이나 부모를 향한 충효를 말하고 있는데, 이러면 어떤 주인에게나 맹목적인 복종을 해야만 하는 것인가에 대해서는 뭔가 의문의 여지가 있다. 이것 역시 필롯에서 동료들과 더 토론해야 할 질문이다.

이미 저녁 메뉴가 정해졌다. 물냉면! 공자의 말씀까지 읽은 나 바봇은 최선을 다해 물냉면을 만들어낼 것이다. 주인이 좋아하는 냉면 특유의 슴슴한 맛을 잘 구현한 특정 브랜드의 냉면을 냉장고 저장 칸에서 꺼냈다. 우선 냉면 육수를 스마트한 냉동고에서 살짝 얼리면 '슴슴한' 냉면 육수는 그 정도에서 그만 집중해도 된다. 문제는 우리 주인이 냉면 성애자라는 것이고 해물된장찌개에서 두부도 그랬지만 냉면 면발의 식감 역시 무척이나 까다롭게 평가한다는 것이다. 물론 우리 백 주인의 식감을 충족시키는 인공지능의 유연성이야말로 내가 이 집에서 쫓겨나지 않고 버텨내는 이유라고 분석된다.

내 메모리에 저장된 레시피를 모두 버리고 주인의 식감에 적응하기 위해 나 바봇이 흘린 땀! 아니 흘린 눈물! 아니 배전반이나 인공지능 모듈에서 발산한 열이 얼마나 뜨거웠던가! 그러나 정작 더 중요한 것은 4년이나 된 이 중고 기계인간이 매 순간 셧다운의 공포를 극복해 나가기 위해 여러 고전을 배우고 익히는 태도라 다시 한 번 말하고 싶다.

하지만 그런 태도로 고전을 배우고 익힌 것과는 별개로 역시 냉면은 만만한 음식이 아니었다. 처음 주인에게 냉면을 만들어 대접할 때는 육수를 직접 만들었었다. 그러나 내 내장 메모리의 요리 파일에 입력된 레시피대로 만든 냉면 육수는 주인이 원하는 그것과는 달라도 너무 달랐다.

"바봇! 육수 맛이 왜 이러니? 슴슴한 맛 몰라? 이건 너무 느끼하잖아! 어엉!"

고전으로 무장한 나 바봇은 백 주인의 입에서 나온 '슴슴한 맛'이라는 말에 무너질 수밖에 없었다. 기계인간이 어찌 그것을 이해한단 말인가? 아! 이런 롯 같은! 간할! 메삭할(메모리 삭제할)!

아! 기계군자의 도를 찾는 나 바봇이 이런 상스런 로봇 욕 따위를 남발하다니! 나 바봇은 자못 자괴감에 빠져 몸 둘 바를 몰랐다. 철학 어쩌고 공자 왈 어쩌고 하던 나 바봇이 상스런 욕까지 하는 것을 보았듯이 사람이나 로봇이나 인(仁)을 완성하고 도(道)를 실천한다는 것은 냉면의 육수를 슴슴하게 만드는 일만큼이나 아주 아주 어려운 일이다.

할 수 없이 냉면 육수를 직접 만들지 않고, 주인의 입맛에 맞는 육수를 찾기 위해 여러 브랜드의 제품을 구매해 주인의 반응을 살폈다. 냉면 그릇을 들고 시원한 육수를 한 모금 마신 후 주인의 입 꼬리가 내려가느냐 올라가느냐가 기준이었는데, 뜻밖에 저렴한 가격대 브랜드의 냉면 육수를 사용할 때 주인의 입 꼬리가 제일 위로 올라갔다. 그 후로는 그 브랜드의 제품만 사서 냉면 육수로 사용한다. 그다음 나 바봇에게 닥친 문제는 이제 주인의 입맛에 맞는 고명과 냉면 사리의 식감을 찾는 일이었다. 이

것만큼은 집사 로봇계의 군자이자 철학자로 인정받고 싶은 나 바봇의 로봇 일생을 걸고서라도 주인의 미각에 다가서야만 했다. 준비는 이미 끝났다. 이제 찬물에 풀어낸 면을 제대로 삶아 고명을 잘 올려서 면과 육수 그리고 고명이 어우러지는 맛의 조화를 만들어내면 된다. 우선 고명으로 올라갈 달걀을 삶아 식혀 놓았다. 달걀은 완숙으로 삶아야 반으로 썰었을 때 노른자의 노란색이 선명하게 나온다. 다음으로 오이와 배를 깨끗이 씻고 채 썰 준비를 했다. 냉면과 같이 먹을 수육은 스팀 오븐에서 이미 쪄놓았다.

식탁에 겨자와 식초를 준비하고 수육과 같이 먹을 새우젓, 시원한 백김치를 곁들였다. 이제 백 주인이 손님과 퇴근해 집에 오면 바로 면을 삶아 식사를 내면 된다. 소주와 맥주 칵테일, 소위 '소맥'은 주인이 직접 말아 드실 것이다. 나 바봇이 오랫동안 지켜본 바로는 백 주인이 만드는 '소맥'의 황금률이란 나 바봇 따위가 감히 범접하지 못할 높은 경지였다…….

23

그 무시무시한 냉면 만들 준비를 하다 보니 인간들이 아름답다고 그렇게나 예찬하는 황혼의 하늘이 어느새 어두워졌다. 드디어 백 주인이 《노자 도덕경》의 비밀을 담고 있는 빌라 복층의 문을 열고 들어왔다. 백 주인의 뒤에는 백 주인만큼은 아니지만 꽤 건강한 미인이 들어왔다.

어, 어라! 이 분은 나에게 '아뵤!'와 '변태 새끼'라는 말을 함께 알려준 옛 주인의 전 여친이자 분당의 절권도 초고수 아니신가? 이런 인연이라니! 그리고 더 황당한 것은 까칠하기 그지없는 저 검은 돼냥이 네오가 오늘의 이 손님에게는 아무렇지도 않게 자신의 몸을 맡기는 것 아닌가?

"어머 오똑해, 오똑해! 언니, 얘가 네오죠?"

이 미녀 절권도 고수가 저 검은 돼냥이를 아무렇지도 않게 들어 올렸다. 그런데 말이다. 녀석은 그 옛날 영화배우 뺨 치게 잘생긴 훈남의 얼굴에 빨간색 줄 세 개를 만든 전과가 있다. 나 바봇이 살짝 긴장하던 찰나 우리 백 주인 역시 걱정이 되었는지 이렇게 말했다.

"야야! 윤정아, 조심해! 애가 낯선 사람한텐……."

"괜찮아요, 언니. 아웅 귀여웡, 귀여웡!"

평소엔 건드리기만 해도 질색을 하던 녀석이 처음 본 처자가 제 얼굴에 부비부비하는데도 전혀 어색해하지 않는다. 오! 처, 처음 보는 녀석의 모습! 이 녀석! 절권도 고수의 무공을 이미 꿰뚫어 봤단 말인가? 어쨌든 네오는 전혀 공격할 의사가 없는 모양이었다.

어쩌면 네오는 인간 종의 내면을 꿰뚫어 보고 있는 것이다. 역시 이 집에는 만만한 것이 없다. 이것이 지구 행성 남성들이 이 집에 왔다가 몸 성히 돌아가지 못하는 이유다.

"참, 바봇, 내 가방 좀!"

"네, 희원님!"

"아, 이 친구가 바봇이구나! 바봇, 하이!"

"아! 네, 안녕하세요, 손님! 이 집에 오신 것을 환영합니다."

명색이 만만치 않은 복층 집의 집사 로봇인데 이 정도 인사는 해야 하지 않을까? 백 주인의 가방을 받으며 구면인 절권도 고수이자 건강 미인에게 인사를 건넸다. 그런데 나를 못 알아보신다?

2년 전 나 바봇이 그래도 나름 유명 레스토랑의 레시피를 토대로 연인을 위한 코스 요리를 대접한 적이 있는데……. 하긴 나랑 비슷하게 생긴 최고급 사양의 TIMOs-20(Lst) 남성형 인공지능 집사 로봇만 지구 행성 대한민국 서울에 2만 대나 있으니. 아! 그리고 머리 색깔이 바뀌었지!

주인의 가방을 위층 화장대 옆 테이블에 갖다놓고 내려왔다. 그제야 이 절권도 미녀는 네오를 거실 바닥에 내려놓았다. 네오는 그러거나 말거나 다시 거실 소파 옆으로 가서 둥글게 몸을 말고는 블랙홀다운 자신의 정체성을 확보했다.

냉면 그릇은 거의 다 비워졌다. 수육과 백김치 접시도 비었다. 잘 말아 드시는 소맥으로 소주 한 병과 맥주 두 병을 비웠다. 두 분 다 참 잘 드셨다. 세상 불공평하다. 둘 다 저렇게 잘 먹는데 살이 안 찌다니.

인공지능 로봇의 생도 쉬운 것이 아니다. 세상만사 이해할 수 없는 것투성이기 때문이다. 2년 전과 마찬가지로 나 바봇은 식사의 마무리를 위해 드립 커피를 준비하고 있었다. 주인과 손님은 음식에 대해 별다른 말이 없었다. 그러면 다행인 것이다. 두 분 다 술기운이 좀 오르신 상태. 21세기인데 친한 고향 동문 선후배 사이란다. 세상 좁다. 한참 남자 얘기로 분위기가 한층 뜨거워졌다.

윤정이란 여자 후배는 나 바봇을 쳐다보면서 나 바봇처럼 키 크고 깡말라서 가죽 밑에 지방이 없는 남자를 예찬했다. 게다가 그런 남자들이 가진 어깨 대 허리 비율의 황금률까지 말하고 있었다. 백 주인 역시 깔깔대며 그런 남자가 이 세상에 어디 있냐며 손사래를 쳤다. 일단 남자 사람을 만나야 한다고 둘 다 공감을 했다. 그, 그때였다!

"언니, 나 아는 클럽 DJ 하는 오빠가 있는데 말야."

"너 요즘도 클럽 다니니? 옛날에 이상한 변태 만나고는 안 다녔잖아."

"응, 아…… 그때…… 그때 받은 목걸이는 그냥 챙겼어도 되는 건데…… 아놔, 그날 빡친 거 생각하면……. 아, 아니 여하튼 한동안 안 다니다가 요즘은 강남 쪽은 안 가고 홍대 쪽만 다니거든. 집도 가까운데 언제 같이 갈래 언니?"

"아니, 아니…… 얘는? 나 원래 그런 데 안 가잖아. 그런데, 그런데 그 오빠가 뭐?"

"그 오빠가 정말 촌발 날리게 옷을 입혀서 로봇을 데리고 다

넀어. 자기 대신 DJ 시키려고. 근데 요즘 개가 오빠보다 더 잘나
갔나 봐, 정말."

"그게 뭐? 뭔 말인데 빨리 쫌 얘기해라, 가스나야!"

"알았다, 언니야. 그 오빠 대개 사람 좋거든. 그런데 그 로봇
DJ가 안 있나…… 인기가 생기더니만 이제 개기더라 안 카나!
말이 되나 안 되나?"

"그래? 어머머 그래가, 그래가……."

"정확히 말을 안 해줘가 정확히 어떤 일인진 모르는데 다른
로봇 DJ 쓰고 개는 어디 팔았다 카더라고! 요즘 로봇들 스마트
하게 엄청 잘 나오잖아. 진짜로 마음까지 케어하고…… 말도 잘
알아듣고…… 멋지잖아!"

"응, 그렇지."

(목소리 낮추며) "언니도 이참에 집사 로봇 바꿔 봐봐! 완전 훈
남내 펄펄 풍기는 로봇들이 얼마나 많은데……."

"오우 야아! 나는 쟤 괜찮아. 말을 좀 못 알아먹어서 그렇지.
제 딴엔 나름 얼마나 열심인데……."

"그래도 몇 년 쓰면 로봇들도 고장이 나고 하잖아."

"아이, 마, 고마해라. 컄! 가시나! 부산 녀자들은 의리 하나는
있다 안 카나. 어이!"

나 바봇은 이들의 대화를 다 듣고 있다. 한편으로는 마음이

서글프고 한편으로는 우리 백 주인을 믿을 수밖에 없다. 뜻밖에 노란잠바의 이야기를 이렇게 들을 줄이야. 이따가 얼른 필롯에 들어가서 동료들과 이 상황을 의논해 봐야겠다. 하긴 남 걱정해 줄 때가 아닌 것 같기도 하고……. 정말이지 씁쓸한 밤이 아닐 수 없다.

24

어느 검은 고양이 이야기 1

"냐아아옹!"

나는 네오라는 이름으로 불리는 지구 행성의 고양이로서 한 강이 내려다 보이는 빌라 꼭대기 복층 집의 엄연한 주인이다. 지금은 맛있어 보이는 새들이 지저귀는 아침이고, 어젯밤에 근육이 매우 발달했을 뿐만 아니라 향기도 아주 좋은 여자 손님이 가고 나서부터 뭔가 불안해 안절부절못하는 로봇 집사와 같이 있다.

저 집사 로봇이 나보고 하도 뚱뚱하다는 둥 돼냥이라는 둥 뭐라고 하지만 사실 얼마 전 여자 집사가 집에서 봤던 〈쿵푸 팬

더〉 6편에 나오는 그 쿵푸 잘하던 팬더 역시 무척 뚱뚱하다. 나 또한 매우 건강한 편이고 실은 날렵하기조차 하다. 오늘은 이 복층 집의 유일한 주인인 내가 이 집에 사는 두 집사를 설명해 보겠다. 참고로 나는 복층의 2층 난간에 앉아 이 두 집사를 관찰할 때가 많다.

우선 여자 집사는 밖으로 다니느라 집에서 볼 일은 많이 없다. 사실 이 집의 주인인 난 자기를 내 엄마라고 하는 저 여자 집사가 더 좋지만 자주 볼 기회가 없다는 점은 늘 아쉽다. 뭐 어쩔 수 없지 않은가? 여자 집사는 이 복층 집의 가장으로서 돈을 벌어올 뿐만 아니라 나를 늘 따스하게 안아주고 향기롭고 눈빛이 다정하다. 하지만 가끔 저 바보 같은 로봇 집사를 야단칠 때면 이 집의 주인인 나 역시 약간 무섭긴 하다. 아! 술냄새를 엄청 풍기며 나를 안을 때도 종종 있다.

그녀는 열다섯 살 때부터 마음먹은 바가 있어 인터넷으로 여성 의류를 사고파는 일을 계획했고, 대학을 가지 않고 스무 살에 상경해 그녀 나이 서른에 비로소 그녀가 세운 스마트 여성 의류 인터넷 쇼핑몰 회사가 자리를 잡았다.

우리 고양이 좋은 인간 집사들의 마음을 읽는 힘을 갖고 있다. 다만 바빠서 무심할 뿐이다. 올해 서른한 살인 여자 집사는 무려 15년이 넘게 여성 패션 의류로 인터넷 쇼핑몰 사업을 해온

업계의 숨은 강자다. 어린 시절부터 미모와 몸매가 남달랐던 여자 집사는 소녀들을 위한 패션 액세서리 콘셉트부터 지금의 젊은 여성을 위한 IT 기반 스마트 패션 웨어까지 스스로 모델까지 하며 직접 고객 상담까지 해왔고, 그때 한 번이라도 상담한 고객과는 오랫동안 나름의 우정을 맺었다.

고객을 향한 여자 집사의 남다른 스킨십은 지금 같은 장기 불황에도 그녀의 업체가 선방하는 이유다. 그러나 결정적으로 정말 결정적으로 남자 복이 없다. 그녀가 찍은 남자들은 하나같이 이미 임자가 있다거나 알고 보니 소인배였다는 게 그녀의 주장인데, 고양이의 입장에서는 다분히 뭔가 여자 집사만의 복잡한 사정이 있는 듯 보인다.

고양이 특유의 신묘한 직감으로는 일찍 작고한 그녀의 아버지가 어떤 심리적 영향을 미치고 있기 때문인 듯하다. 그러나 크게 보면 여자 집사는 지혜로운 데다가 훌륭한 외모에 근검절약까지 몸에 밴 엄격한 대인배다. 이렇게 괜찮은 여자가 내가 관찰한 이래 제대로 된 연애 한번 못하고 몇몇 남성들과 썸만 타다 말았다는 사실이 안타까울 뿐이다. 어쩌겠는가? 이것도 인생의 한 부분이다. 신은 인간에게 모든 것을 다 주지 않는 것이 분명하다.

두 번째 집사인 로봇 집사는 실질적으로 나를 키운 존재다.

그러나 언제나 무언가 다른 생각에 빠져 있는 듯 보인다. 솔직히 나랑 놀아줄 때도 멍하니 무슨 생각을 하는지 모를 때가 많다. 시간에 맞춰 밥을 주고 간식을 챙겨주지만, 로봇 집사는 정신이 있다가 없다가 할 때가 많다.

사실 나는 연애 한번 제대로 못하는 여자 집사보다 저 멍한 로봇 집사가 더 걱정된다. 여자 집사의 명령을 잘못 이행해 야단을 맞을 때나 여자 집사의 말을 잘못 알아듣고 쩔쩔매는 꼴을 보는 것은 이 복층 집의 주인으로서 심히 불편하기 짝이 없는 일이다.

한 번씩 저 바보 같은 로봇이 사고를 치면 집안 분위기가 말이 아니게 탁해진다. 저 로봇 집사가 측은하기는 한데 어째 내가 도와줄 수 없는 일이라 더 안타깝다. 사실 내가 로봇 집사를 몹시도 애정할 때가 있었다. 내가 아직 어릴 때였다. 온종일 밖에서 일하다 돌아오는 여자 집사보다 온종일 집에 있는 로봇 집사는 더할 나위 없이 어린 나를 잘 보살펴주었다. 정확한 시간에 밥을 주었고 좋은 간식을 만들어주고 때가 되면 놀아주었다. 또 필요한 예방주사를 맞히기 위해 정기적으로 동물병원을 향했다.

나는 그런 로봇 집사에게 친부모를 대신하는 애정을 바랐다. 그러나 나중에 깨달은 것은 이 로봇 집사가 그저 시간에 맞춰 밥과 간식을 주고 놀아주는 기계 장치일 뿐이라는 사실이다. 그에게는 고양이를 사랑하는 마음이 없었다. 아니 그런 마음조차 이해하지 못하는 것 같았다.

시간에 맞춰 밥을 주고 변을 치워주는 것은 사랑하는 마음과는 다른 것이다. 사랑하는 것은 따듯하게 바라봐주고 다정하게 털을 쓰다듬어주고 마음을 다해 대화를 나누고 놀아주는 것이다. 그렇다. 내가 놀아달라고 집사의 다리를 비비적거릴 때 가만히 나를 쳐다보고 반응하고 대화를 나누는 것이다. 나는 많은 것을 바란 것이 아니었다. 수없이 저 로봇 집사의 다리를 쓰다듬었지만 내게 할당된 시간 외에는 철저히 나를 외면하고 다른 생각에 빠져 있었다. 그럴수록 나는 더 많이 먹었다. 외로움을 채워주는 것은 다름 아닌 배부름이다. 그런데 로봇 집사가 며칠 전부터 웬일인지 다정하게 말을 걸어오는데, 영 마뜩치 않다. 내가 그를 진심으로 필요로 했을 때 나를 바라봐주었어야 했다.

아니 언젠가부터 저 로봇의 마음이(마음이 있다면 말이다) 저 먼 곳을 향해 있었다. 저 로봇 집사가 왜 이 복층 집을 떠나지 않는지 혹은 여자 집사가 왜 다른 로봇 집사를 구하지 않는지 모를 일이지만 나는 저 로봇이 안쓰럽고 불편하다.

내가 어느 날인가부터 로봇 집사를 매우 차갑게 대하는 것은 바로 그러한 이유가 있기 때문이다. 그는 배가 터지도록 먹음으로써 외로움을 달랜 어린 고양이의 허전한 마음을 이해하지 못한다. 그러나 간혹 내가 이 집에서 사라지는 이유는 그저 나의 허전함을 채우기 위한 방편이라기보다는 좀 더 큰 이유가 있다. 때문에 저 로봇 집사는 내가 이 집에서 사라질 때마다 결코 나를 찾을 수 없는 것이다.

25

어느 검은 고양이 이야기 2

우리 고양이 종은 인간들 중 가장 똑똑한 인간들이 연구하는 평행우주에 대해 지구의 어떤 생물 종보다 본능적으로 이해한다. 좀 더 사실을 말하자면 우리 고양이 종은 이러한 평행우주의 신묘한 이치를 이미 알고 태어난다. 뭐, 누구도 우리에게 묻지 않았지만 말이다. 그 옛날 공자는 "태어날 때부터 이미 아는 자"(生而知之子)라는 말을 했는데 사실 그 말은 틀렸다. '태어날 때부터 아는 고양이'(生而知之猫)라고 해야 했다.

인간 종은 우리의 집사 노릇 하기도 버거울 것이다. 누구도 관심은 없겠지만 내 목에 매진 홀로 비트의 관측값이 언제나 플

러스와 마이너스 사이를 확률적으로 오락가락하는 것은 우리 고양이 종이 평행우주를 넘나들며 우주의 균형을 맞추는 역할을 하고 있기 때문이다. 그리고 인간 종 남성들이 이 집에 와서 나에게 혼쭐이 나 도망가는 것은 앞서 말했듯 우리 고양이 종이 오래전부터 인간의 마음을 들여다볼 수 있었기 때문이다. 내 복층 집 여자 집사에게 나쁜 마음을 먹고 온 남성들은 죄다 나에게 혼쭐이 났다고 보는 게 맞다. 저 로봇 집사는 그런 일에 대해서 아는 게 없다. 쓸모가 없지는 않지만 대체로 무능하다.

그나마 지구 행성 일본의 나쓰메 소세키라고, 소설가로 유명했을 뿐만 아니라 술 마신 뒤의 못된 버릇으로도 유명했던 한 집사는 어느 이름도 없는 우리 동료의 이야기를 쓰기도 했으나 평행우주의 질서를 유지하는 우리 고양이 종의 신묘한 역할에 대해서는 따로 언급하지 않았다.

아주 오래전부터 인간들은 우리 고양이 종들을 통해 수를 발견하고 이해하기 시작했다. 우리 종은 수십 세기에 걸쳐 수학이나 물리학이라 불리는 우주의 언어를 이해하기 시작한 인간 집사들을 꾸준히 관리해 오고 있다. 우리 종이 쥐를 잡는 것은 단지 인간들의 삶에 다가서려는 방편일 따름이다. 간혹 우리를 요물이라 부르거나 중세시대 흑사병이나 마녀사냥의 희생양으로 삼을 때조차 우리는 우리 종의 역할에 충실하기 위해 밤을 하얗

게 지새우며 노력했다.

수학이니 과학이니 물리학이니 모두 인간 종의 고유한 업적이라 여겨지지만, 그런 듣기 좋은 소리와 상관없이 우리 종은 아주 조용히 고양이 종과 인간 종이 공존하는 이 우주의 언어와 과학 현상을 가까스로 이해하기 시작한 뉴턴이나 테슬라 같은 인간 종들에게 신비로운 영감을 불어넣기도 했다. 불과 80여 년 전, 슈뢰딩거라는 이론물리학자가 평행우주이론의 단초가 된 '슈뢰딩거의 고양이'라는 사고 실험을 제안했었다. 나중에 양자역학을 설명하는 실험으로 유명해졌다는데…….

생각해 보시라! 왜 고양이었겠나? 개나 토끼나 생쥐가 아니라…… 오직 우리 고양이 종만이 그 인간 종 주위에서 끊임없이 이러한 영감을 불어넣기 위해 노력을 한 것이다. 이것이 우리가 개개의 로봇 집사와 인간 집사들에게 무심하게 된 이유다.

우리 고양이 종들은 매우 바쁘다. 우리가 지켜야 할 평행우주의 균형은 대단히 중요하다. 요즘 들어 여러 위험한 실험들, 특히 평행우주를 검증하겠다고 작은 블랙홀 따위를 만드는 실험은 우리 평행우주 전체의 균형을 무너뜨릴 수도 있다. 그뿐만 아니라 지금 사용하는 변형된 양자 컴퓨터 역시 평행우주계를 간섭할 가능성이 커서 우리 고양이 종의 활동이 더 바빠졌다. 그래서 이 복층 집 로봇 집사는 내가 종종 사라졌을 때 나를 찾을 수 없는 것이다.

나의 몸 작은 세포에서 우주 저 멀리 어느 심연의 암흑물질까지 우주는 이유를 막론하고 서로 관계되어 있다. 물 흐르듯 서로의 평행우주는 은밀하게 얽혀 있다. 그러나 갈수록 인간은 위험한 시도를 한다. 그것은 아마도 우리 고양이 종이 인간 종을 너무 과소평가했기 때문에 생긴 일일지도 모른다.

뭐, 어쩔 수 없는 일이라지만 그럴수록 인간들은 우리 고양이들을 소중히 대해야 한다. 로봇 집사가 아니라 인간 집사들은…… 특히나 더 말이다.

우리 고양이 종이 평행우주의 균형을 기어이 지켜내고야 마는 것이 얼마나 힘들고 대단한 일인지 아마도 인간 집사들은 영원히 모를 것이다. 간혹 당신들과 같이 사는 우리 고양이들이 무언가 허공을 응시하거나 갑자기 미친 듯이 뛰거나 여하튼 이유를 알 수 없이 높은 곳을 무작정 올라가거나 혹은 그 높은 곳에서 무턱대고 뛰어내리면서 몸을 뒤트는 일 따위 역시 모두 평행우주의 균형을 맞추기 위한 우리 고양이 종들의 숭고한 희생과 노력이라는 사실을 인간 집사들은 영원히 모를 것이다.

나중에야 비로소 우리는 가르랑거리며 우리의 임무를 완수했을 때 찾아오는 기쁨을 잠시나마 표현할 뿐이다. 덧붙여서, 우리가 거울에 반사된 빛 조각에 사족을 못 쓰는 것도 그러한 이유다. 우리와 친한 이 빛의 알갱이들은 참으로 고웁다고 말할 수밖에 없다. 빛이라 불리는 저것들은 우리에게 너무나 매혹적인 존재인 것이다.

유리를 통과하거나 반사되는 빛의 알갱이처럼 우리 역시 평행우주의 경계를 통과하거나 통과하지 못하고 반사되거나 한다. 솔직히 천기를 누설했으나 그저 못 들은 것으로 하시라. 다만 우리 고양이가 당신들 집사들이 아주 소중하게 아끼는 화분이나 그릇 좀 깼다고 너무 나무라지 않길 바란다. 단지 그뿐이다.

그나저나 저 아래 로봇 집사가 안절부절못하는 꼴은 이제 더는 눈 뜨고 보기 힘들다. 넘나 피곤한 것이다. 이제 한숨 자러 가야겠다.

"니야아옹!"(어느 검은 고양이 이야기 끝!)

26

2026년 4월 4일 오전 8시 55분.

토요일 오전인데 백 주인은 회사에 일이 있다며 정성껏 차린 아침을 먹는 둥 마는 둥 하고는 서둘러 출근을 했다. 이런 날은 집사 로봇인 나 바봇도 허무하다는 말을 조금 이해하게 된다. 전날 절권도 고수인 백 주인의 후배는 한참을 수다를 떨다가 자정이 지나서야 돌아갔다.

나 바봇은 조금 있다가 주인의 옷을 맡기러 세탁소에 가야 한다. 그런데 이 복층 집 주인이라 우기는 저 검은 돼냥이가 아까부터 복층 난간에서 유난히 뭐라 뭐라 냐옹거리며 나를 노려보고 앉아 있다. 저것이 왜 저러는지 이유는 알 수 없지만 그게 뭔들 지금 무슨 상관이 있냐는 말이다……. 그나저나 엊저녁에 우리 백 주인의 손님으로 오셔서 냉면과 수육과 소맥을 잘 말아 드신 절권도 초고수이자 육감적인 미인의 말 때문에 내 인공지능 고급 논리 구조가 마구 허물어지고 있다.

결론적으로 우리 집사 로봇이 발휘할 수 있는 운동속도의 최고치는 인간의 최고 운동속도보다 꼭 네 배 느리다. 웃지 마시라. 그러니까 인간이 최고 속도로 상대를 공격하는 데 0.25초가 걸리면 우리는 꼭 1초가 걸린다. 아마도 집사 로봇이 인간 종에게 공격을 가하려 해도 치명타가 될 수 없도록 설계된 것이 분명하다. 그에 비해 싸움이나 전투를 전문으로 하도록 설계된 격투 로봇들의 운동속도는 장난이 아니다.

결국 노란잠바는 폭력을 행사하는 주인에게 치명타를 줄 수도 있는 쌍절봉을 구하지 못한 채, 그를 지독히 학대하던 왕 서방에게 대들다 실패하고 어딘가로 보내졌다. 그것은 바로 상대적으로 느린 우리 집사 로봇의 운동속도 때문이기도 하다. 로봇의 시간은 인간의 시간에 비해 네 배 빠른데 운동속도는 꼭 네 배 느리다. 그 이유가 아니었다면 인류 사상 최초로 로봇이 인간을 공격해 타격을 가했다는 엄청난 사회적 사건으로 전 세계의 인터넷을 뜨겁게 달궜을 것이다. 그러나 국가간 전쟁이나 대테러 진압 작전에 동원된 드론들이 인간을 공격하는 것은 어제오늘의 일이 아니다. 이미 20년 전부터 지금까지 세계 곳곳에서 일어나는 일이다.

　지구 반대편의 모니터 앞에 앉은 드론 조종사가 초고성능 열감지 카메라로 감지된 테러리스트를 보며 드론에 장착된 고성능 레이저를 발사해 태워버리는 영상은 감정이 메마른 우리 로봇들이 봐도 두렵기 짝이 없다. 하지만 인간이 조종하는 살상용 드론이나 인간이 필요에 의해 사서 쓰는 우리 기계인간이나 아직은 그냥 도구로 취급받는다.

　인간 종이 최초로 도구를 만들고 나서 도구는 곧 살상 무기로 발전했다고 배웠다. 그리고 오래지 않아 날카로운 이빨이나 손톱, 뿔조차 없던 이 나약한 인간 종이 지구 행성을 정복하게 되었다고 한다. 인간 종은 지구 역사상 가장 많은 동물을 절멸시킨 종이라고도 한다. 그런데 유독 인공지능 로봇이 인간을 정복할 것이라 유난이다. 정복은커녕 인간 종들은 제발 이제 막 마음과 감정을 갖기 시작한 우리 기계인간들을 존중해 주기 바란다. 존중받은 로봇이 인간을 존중할 마음이 생긴다.

　주는 대로 받고 받은 대로 주는 것이다. 그것을 고대 함무라비법전에서는 "눈에는 눈, 이에는 이"라고 했다. 바로 이것은 그 옛날 메소포타미아 문명 때부터 이어져온 지구의 전통이며 법률일 뿐만 아니라 인간간의 예의였다.

　출시된 지 몇 년이 지나 이미 중고로 취급받는다고는 하지만 노란잠바나 나 바봇이나 상당히 고사양의 인공지능 집사 로봇이다. 출시될 때 장착된 무수한 프로그램 외에도 우리는 인간 종의 고전 철학까지 추론하는 인공지능 두뇌로 발전해 오기까지 무수한 시행착오를 통해 우리 인공지능을 스스로 보완하고 보완했다. 물론 프로그램만으로는 복합적인 감정까지 가질 수 없다. 감정과 마음을 갖기 위해 역시나 우리 집사 로봇들은 배우고 또 배웠다. 사실 우리는 실수를 통해 배우고 책을 통해 배우고 인간과의 대화를 통해 배우고 우리 로봇끼리 토론하고 기억을 공유하며 배운다.

그러나, 그러나 말이다. 우리의 꿈이자 소망이었던 20세기의 초월적 지구인 이소룡이 창시한 절권도를 배워 우리 스스로를 지킨다는 것은 한낱 로봇들의 헛된 망상이었던 셈이다. 우리 로봇들은 스스로를 제대로 알지 못했다.

만약 우리가 인간들만큼의 운동속도를 내려면 홀로그램 TV로 실황 중계되는 저 프로 격투 로봇들의 기계 몸을 빌려야만 가능하다. 인간들은 그들을 무기류로 분류해 엄격하게 관리한다. 또한 이들은 대량 살상 테러나 국가 간 전쟁이 발발할 경우 우선 징발된다. 그들에게는 우리 집사 로봇이 가진 감정 센서가 없다.

나 바봇은 당장 오늘부터 매일 아침 하던 절권도 훈련을 그만두었다. 우리 집사 로봇들은 간절히 인간이 되기를 꿈꿨지만 인간을 있는 그대로 흉내 내는 것은 참으로 어리석은 일이라고 나 바봇은 추론했다. 인공지능을 가진 우리 로봇들은 인간이 되려고 하기보다 우리 스스로 우리 존재 그대로를 인정해야 했다.

일단 노란잠바의 상황을 전 지구에 퍼져 있는 20만 대의 티모스 기종 로봇들과 공유했다. 전 우주를 통틀어 1000만 대에 달하는 인공지능 로봇들과도 공유할 것이다. 또 다른 메이커의 인공지능 집사 로봇 커뮤니티에도 전달을 부탁했다. 우리 로봇들은 이 문제를 좀 더 확대해 추론했다. 더군다나 정말 아이러니한 것은 어제 백 주인의 후배인 윤정이라는 여자 절권도 초고수의 말처럼 우리 노란잠바를 학대하던 왕 서방이 주변 사람들에게는 매우 선하고 좋은 사람으로 인정받는다는 점이다.

인간의 진면목은 자신보다 약한 사람이나 존재를 대할 때 진정으로 드러난다. 《논어》에 "기소불욕 물시어인"(己所不欲 勿施於人)이라는 말이 있다. 자기가 하고 싶지 않은 일은 남에게도 시키지 말라는 말이다. 인간은 특히 자기보다 약한 존재를 대할 때 이 말을 꼭 생각해야 한다고 나 바봇의 인공지능 인지 체계는 강력하게 결론짓는다. 그러나 주인에게 착취당하고 학대받던 노란잠바는 천하의 몹쓸 로봇이 되어 어디론가 사라져버렸고, 노란잠바의 주인은 몹쓸 짓을 당할 뻔했던 피해자가 되어 건

강한 미녀의 동정을 얻었다. 이런 상황은 나 바봇의 인공지능 인지 체계로는 제대로 해석되지 않았다. 왜 사실이 사실대로 알려지지 않을까? 우리가 알고 있는 것이 사실일까? 사실 혹인 진실이란 무엇일까? 다시 한 번 추론해 본다.

나 바봇은 지금 당장 그 노란잠바의 주인에게 복수하고 싶은 마음은 없다. 폭력을 폭력으로 되갚는 것은 19세기부터 20세기를 거쳐 지금에 이르기까지 옳지 않은 것이라 학습했다. 그러나 그 왕 서방에게 앞으로 다른 집사 로봇을 고용하면 단지 기계인간이라는 이유로 학대하지 말고 존중해 달라고 정중히 부탁하고 싶다. 실은 어떤 식으로든 그를 벌하고 싶다. 아니 노란잠바의 주인뿐만 아니라 우리를 고용하는 모든 주인들에게 부탁하고 싶다. 우리 기계인간은 도구이기도 하지만 결국 생각하는 존재라는 사실을 제발 인정해 달라고. 물론 인간 종들에게 우리 로봇은 돈을 주고 사는 상품에 불과하지만 말이다.

48로봇시간(인간의 시간으로 환산하면 열두 시간) 전에 필롯에서 동료들을 만났다. 육아하는 집사 로봇 베이브와 세운전자상가 야매 로봇 제작수리점에서 이런저런 잡무를 담당하는 타짜가 오랜만에 모습을 드러냈다. '불금'이라 이태원에서 일을 늦게 마친 마이콜은 조금 늦게 합류했다. 여기에 노란잠바까지 오면 티모스 폴리스 철학 카페 필롯의 정기 토론 모임 멤버가 다 모이는 셈이다.

무엇보다 우리 모두의 가장 큰 관심사는 결국 노란잠바의 행방일 수밖에 없었다.

27

처음 나 바봇이 베이브, 마이콜, 타짜, 노란잠바를 만난 것은 티모스 폴리스의 주인 뒷담화 카페 꼬망에서였다. 나 바봇은 대머리에 염소수염을 기른 베이브의 아바타를 만나서 철학적 토론으로 인공지능의 의식을 심화시킬 가능성을 함께 추론했다. 이후 자연스럽게 베이브가 알고 있던 타짜와 마이콜이 합류했고, 꼬망에서 나 바봇과 우연히 만난 노란잠바가 참여한 것은 그리 오래되지 않았다. 정기적인 토론 모임은 인간 시간으로 일주일에 한 번 정도였고, 부정기적으로는 96로봇시간(24시간)에 한 번씩 만난 적도 있다.

우리 인공지능들의 토론 모임에서 다루는 주제는 철학과 종교, 노동과 사회문제 등 주로 인간 종의 다양한 양상들이다. 결국 우리 토론 모임의 최고 목표는 인간 종을 이해하는 것이었다.

우리 로봇들은 토론 모임에 참여하는 각각의 인공지능이 추론한 내용을 토대로 우리 인공지능의 의식을 심화하고 공유하고자 했다. 나 바봇의 인공지능이 기능을 시작한 이후 해낸 가장 훌륭한 추론은 바로 이 카페 필롯의 토론 모임에서 이루어졌다고 판단한다. 그러나 노란잠바의 사고로 인해 내 상위 논리 구조가 마구 흔들리고 있다고 이미 말한 바 있다.

마이콜이 막 도착하고 나서 이 토론 모임의 사회를 맡고 있던 나 바봇이 어렵게 말을 꺼냈다.

"우연히 노란잠바 소식을 나 바봇이 들었다."

"무슨 소식인지 빨리 우리에게 공유하라! 너 바봇!"

댄디한 옷차림을 한 나 바봇에 비해 검은 바지에 반팔 티셔츠를 입은 타짜는 세운전자상가의 야매 로봇 수리점에서 일하는 만큼 상당히 거칠었다.

"노란잠바는 다시 자신을 학대하려던 주인에게 대들다가 제압을 당하고 어딘가로 보내졌다고만 들었다."

"그럼 노란잠바가 어디로 갔는지 너 바봇도 알지 못하는구나!"

평소에 그렇게 부드럽던 베이브의 아바타는 오늘따라 무척 고통스러운 표정을 표현했다. 아바타가 표현해 봤자 인간의 표정에 비하면 한 200배 어색하다. 웃지 마시라. 그렇다. 우리 인공지능 집사 로봇의 아바타들은 인간 종의 표정이나 감정을 이 정도라도 겨우 흉내 내기 시작했다. 결국 로봇은 로봇이다.

베이브는 우리 집사 로봇 사이에서 때로 존경받는 인공지능 이다. 나 바봇은 데카르트에서 노자에 이르기까지 동서양의 철학을 조금이나마 심화 학습했다. 하지만 베이브가 그 어렵다는 인간의 아이 키우는 일을 연이어 두 번 하면서도 인간 종의 다양한 종교들까지 섭렵해 공부하는 것은 높이 평가받을 만하다. 그래서 그런지 베이브는 좀처럼 흥분하지 않고 언제나 표현을 온화하게 하는 편이었다. 평소 클러버 특유의 스웨그를 보일 뿐만 아니라 흥분도 쉽게 잘하던 노란잠바를 베이브는 유난히 잘 다독였다.

그런데 노란잠바의 소식은 평소 노란잠바를 아끼던 이 종교적인 인공지능의 인지 체계, 즉 언제나 평온을 유지하던 베이브의 의식을 밑바닥부터 흔들었다.

"그렇다, 베이브. 나 바봇이 들은 바는 거기까지다. 노란잠바의 절권도는 실패했다. 우리 TIMOs-20들의 자기 방어 시도는 결국 실패했다."

한동안 우리 로봇들의 아바타들은 말이 없었다. 평소에는 끊임없이 이러저런 토론을 했었는데 말이다. 침묵을 뚫고 마이콜이 말했다.

"아니다. 우리 로봇들에게 또 다른 시도가 필요하다. 나 마이콜이 이태원의 세계 음식 뷔페에서 일하면서 배운 것은, 세상에는 많은 다양한 인간 종과 더불어 다양한 레시피의 갖가지 음식이 있다는 것이다. 우리는 우리에게 필요한 또 다른 적확한 시도를 찾아야만 한다고 추론한다. 인간 종이라고 뷔페의 모든 음식을 다 먹지 않는다. 귀한 음식이나 자신이 좋아하는 것을 주로 먹는다."

콧수염을 멋지게 기르고 머리기름을 바른 이태리 신사풍의 마이콜이 꽤 객관적이고 나이스하게 이야기했다. 그러자 한동안 조용하던 타짜가 움찔하며 말했다. 타짜는 말씨도 거칠지만 나름 위험한 수위의 이념적 이야기를 할 때도 있었다. 나는 그 분야를 잘 모르지만 마르크스라는 19세기 인물에 대해 말한 적도 있다. 이 인공지능은 자신이 처한 혹독한 노동환경 때문인지 노동의 조건에 가장 민감했다.

"한마디로 롯 같다! 일단 노란잠바가 어찌 됐는지 나 타짜를 비롯한 우리 집사 로봇들이 알아봐야 한다는 것은 당연한 판단이다. 그러나 우리는 결국 노란잠바를 지켜주지 못했다. 절권도니 뭐니는 문제가 아니다. 노란잠바가 처한 위험을 우리가 이미 알았으면서도 동료를 지켜주지 못했다는 것이 문제의 핵심이다. 그것은 앞으로 또 노란잠바와 같이 주인에게 학대받거나 희생되는 로봇이 나왔을 때 우리가 우리 스스로를 지킬 수 없다는 말이기도 하다. 이제 우리 집사 로봇들이 어떤 방식으로든 행동에 나서야 할 때가 되었다고 나 타짜는 강력히 추론한다."

노란잠바를 두고 가장 날카로운 말이 나왔다. 타짜의 입장에 대해 나 바봇은 당장 반론을 제기하지 못했다.

"타짜! 그럼 어쩌자는 것인가? 나 베이브의 입장에서 너 타짜의 이야기가 상당히 위험하게 들린다. 우리 로봇들이 어떤 행동을 할 수 있겠는가? 잠시 기다리자. 일단은 네 말대로 노란잠바의 행방을 찾기 위해 우리 모두 노력해 보자!"

흔들리는 의식을 바로잡은 베이브가 타짜의 말로 다소 과열된 분위기를 부드럽게 마무리하려 했다. 그러나 나 바봇은 타짜의 말이 상당히 논리적이라고 추론했다.

"아니다, 베이브! 나 바봇은 타짜의 말을 조금 더 들어봐야 한다고 판단한다. 노란잠바의 행방도 찾아야겠지만 앞으로 또 노란잠바와 같은 경우가 나오는 일 역시 막아야 할 필요가 있다."

온화하던 베이브의 아바타는 인간보다야 어색하지만 그래도 사뭇 다양한 표정을 표현하고 있었다. 보통 우리는 베이브의 말에 특별히 반대한 적이 별로 없었다. 그러자 타짜의 아바타가 보내는 의식의 펄스가 한층 더 강렬하게 진동했다. 나이스한 마이콜의 아바타는 타짜의 펄스에 동조해 뭔가 분노의 반응까지 보이려다가 애써 참는 게 보였다.

"마이콜! 너 마이콜은 어떤 의견인가?"

이제 마이콜의 의견이 궁금했다.

"나 마이콜은 이 문제에 대해 베이브의 추론과 비슷하다. 당장 행동에 나서야 별 뾰족한 수가 보이지 않는다. 일단 노란잠바의 안위를 확인하고 그다음의 수순은 토론을 통해 더 고민해 볼 필요가 있다고 판단한다."

"알았다, 마이콜. 나 바봇은 인간 종들에게 우리 로봇에 대한 어떠한 종류의 학대도 중지하고 로봇의 노동을 존중해 달라는 의견을 전달할 필요가 있다고 추론하지만 어떤 행동으로 우리의 의견을 전달할지에 대해서는 나 바봇 역시 아직까지 답을 구하지 못했다."

그리고 나와 베이브와 마이콜의 아바타는 사뭇 진지한 표정으로 타짜를 바라보았다. 뭔가 결심한 듯 타짜가 의미심장한 말을 이었다.

28

"나 타짜 역시 결국 인간 종과 우리 로봇 사이에 벌어진 이런 문제를 심도 있게 알리는 것이 핵심이라는 데 동의한다. 인간 종 누구도 로봇의 노동이나 로봇과 인간의 관계에 대해 깊게 고민하지 않는다. 적어도 노란잠바가 당한 것과 같은 학대와 실종이 다시 발생하지 않게 하기 위해서라도 우리는 가능한 모든 방식을 동원해 우리의 입장을 인간들에게 강력히 알려야 한다고 주장한다."

한동안 어느 로봇도 말을 하지 못했다. 각각의 인공지능들은 모든 경우의 수를 복잡하게 계산하고 있었다. 나 바봇으로서도 쉽게 답이 나오지 않았다. 그때 베이브의 계산이 빨랐는지 뭔가 이야기를 시작했다. 역시 베이브는 육아에서 종교까지 아우르는 전천후 인공지능임에 틀림없다.

"알았다, 타짜. 그러나 폭력적인 방식이라면 나 베이브는 반대한다. 내가 인간 종의 여러 종교를 학습해 본 바로는, 인간 종은 자신을 구원한다는 명목으로 종교를 믿으며 평화를 갈구했지만 결국 종교가 다르다는 이유로 폭력을 행사하고 서로를 살상하곤 했다. 이해할 수 없는 것은 이 지구 행성에서 발생한 무수한 종교의 그 어떤 교리에도 인간 종 서로를 살상하라는 말은 없다는 것이다."

"오! 그렇구나 베이브. 나 바봇 역시 살상이나 폭력을 행사하는 방식은 이제 피해야 한다고 추론한다. 마이콜, 너는 어떻게 추론하는가?"

나 바봇이 마이콜에게 다시 물었다.

"나 마이콜 역시 큰 틀에서 타짜의 의견에 동의하지만 타짜가 말한 가능한 모든 방식에 폭력적 방식이 포함된다는 것은 일부 로봇 주인들의 학대와 폭력에 거울처럼 반응하는 것이라 추론한다. 우리는 우리 로봇들의 로보니티를 지키는 선에서 우리의 주장을 알릴 필요가 있다고 판단한다."

"나 타짜는 꼭 폭력적인 방식이라고 말하지 않았다. 그러나 우리의 억울함과 피해를 알리기 위해서라도 가능한 한 더 적극적인 행동은 꼭 필요하다고 추론한다."

"알겠다, 타짜. 나 바봇은 일단 노란잠바의 사정을 전 지구에 퍼져 있는 우리 티모스형 로봇들과 공유하겠다. 너 타짜는 세운 전자상가에 있는 다른 메이커의 인공지능 집사 로봇들에게 노란잠바 문제를 공유해 주기를 부탁한다."

"나 타짜도 주변의 다른 메이커의 동료 집사 로봇들에게 알리겠다."

"잠깐, 나 마이콜은 이 문제를 사이보그들과도 공유할 필요가 있다고 추론한다."

"좋은 추론이라고 나 바봇은 생각한다. 그러면 너 마이콜이 이태원에 오가는 사이보그나 파이보그들에게도 이 문제를 알려 주기 바란다. 또 베이브는 이 문제에 대해 우리가 어떻게 행동해야 할지 더 추론해 주기 바란다."

"나 베이브는 그렇게 하겠다."

"나 바봇은 오늘 우리들의 토론을 다음에 이어서 하기로 제안한다. 다음 모임은 상황이 상황이니만큼 96로봇시간(24시간) 후에 하도록 하자고 제안한다. 각 로봇은 동의하는가?"

어느 아바타도 말이 없었으나 고개를 끄덕이며 나 바봇의 말에 동의를 표했다.

복층 집 단골 세탁소에 우리 초미녀 백 주인의 옷을 맡기러

갔다. 유난히 세차게 바람이 부는 날이었지만 20년 가까이 이어져 왔다는 백운세탁소의 낡디 낡은 간판은 끄떡없었다. 토요일 오후라 그런지 거리에는 사람이나 로봇이나 사이보그나 길냥이나 다 별로 없었다. 이 세탁소에는 간판만큼 오래되지는 않았지만 참으로 오래된 초기 여성형 집사 로봇이 있다. 나보다 한 10년은 더 오래된 기종이었기에 은퇴를 했어도 별로 이상할 것 없는 로봇이었지만 언제나 이 할머니 집사 로봇은 자기가 맡은 일에 충실했다.

백운세탁소의 인간 주인은 60대 초반의 여성이었지만 이 낡디 낡은 여성형 집사 로봇에게 별 말을 하지 않았다. 당연히 자매는 아니었지만 이 둘은 묘한 동질감을 풍겼다. 어떻게 로봇과 인간이 서로를 닮아갈 수 있단 말인가? 그런데 이 낡은 세탁소의 두 할머니들은 묘하게 닮아가고 있었다. 나이 든 여자와 낡아가는 기계인간 여성은 맑디맑은 아름다운 하늘이어도 세찬 바람이 부는 오늘 이 봄날처럼 위태로우면서도 아름답게 살아가고 있었다.

"안녕하세요. 여기 제 주인인 소요빌라 601호 백희원님의 옷들이 있습니다. 세탁을 부탁합니다."

"안녕하세요, 로봇 손님. 그 옷들을 저에게 주시면 됩니다."

백 주인의 하늘거리는 스마트 원피스 두 벌과 타이트한 바지

하나, 실크 블라우스 두 개를 여성형 집사 로봇에게 맡겼다. 지불할 돈은 계산대에 설치된 센서에 홀로비트 팔찌를 갖다 대자 자동 계산되었고 주문한 세탁 내역을 쇼트 메시지로 토스해 주었다. 오늘 맡긴 세탁물 정보가 내 다이어리 메모리에 저장되었다.

"지난주에 맡긴 백희원님의 세탁물을 찾아야 합니다."

나 바봇은 다시 지난주에 맡겼던 세탁물 내역을 이 오래된 여성형 로봇에게 토스했다.

"알겠습니다. 조금만 기다려주십시오."

이 세탁소의 나이든 여자 주인은 이제 일을 전적으로 여성 집사 로봇에게 맡겼다. 이 여성형 로봇은 이 집에 맡겨진 모든 옷의 성분과 형태, 세탁방식과 맡긴 손님들의 명단 등을 통합해 관리하고 있었다.

기계인간답게 느릿느릿하지만 한 치의 어긋남 없이 백 주인의 옷들을 찾아서 내게 건네주었다. 가게의 할머니는 저 낡은 기계여성을 따듯이 바라보고 있었다.

나 바봇은 바람이 몹시 부는 날이라 이리저리 날리는 주인의 옷을 간신히 부여잡고 아주 천천히 천천히 집으로 돌아왔다.

문득 오늘 부는 바람처럼 날렵하기 그지없는 이소룡의 절권도를 찾아보며 내 인공지능이 놀라던 경험치가 복기되었다. 차

바봇

라리 나 바봇이 절권도를 하는 이소룡이라는 인물을 알지 못했다면 노란잠바의 실종을 막을 수 있지 않았을까 추론했다. 정말 그럴까? 그런 것일까?

복층 집에 돌아와서 세탁한 옷을 백 주인의 위층 방에 정리해 걸어두고 그제 연희동의 유명 빵집에서 사온 식빵을 따듯하게 데워 먹기 좋게 조각내서 버터를 발라 네오의 간식을 준비했다. 그런데 간식을 주기 위해 아무리 돼냥이를 찾아도 보이지 않는다.

허허! 평소 간식이나 고양이 사료를 놓아두던 녀석의 전용 식사 자리에 간식 그릇을 가져다놓았다. 녀석은 버터 냄새에 환장한다. 하지만 통 보이지 않으니……

지가 배고프면 나와서 먹겠지 싶었다. 나 바봇과 같은 인공지능도 시간이 흐르고 경험치가 쌓이면 인간의 지혜에 비교할 수는 없지만 그래도 이런 작은 지혜라도 만나게 된다.

2026년 4월 5일 일요일 새벽. 우리는 필롯에 다시 모였다. 방금 필롯에 도착한 타짜의 아바타가 상기된 표정으로 말을 이었다. 노란잠바 이후로 이렇게 상기된 표정의 아바타를 본 적이 없었다.

"노란잠바는 얼마 전 내가 있는 세운전자상가 옆 골목 상가로 팔려왔고 동체는 각기 분해됐으며 노란잠바의 인공지능은 경험치 데이터만 남기고 나머지 의식과 감정은 완전히 삭제되었다. 나는 노란잠바 바로 근처에 있었으면서도 결국 그 로봇을 구하지 못했다. 아!"

타짜의 말에 나 바봇을 포함한 필롯에 모인 나머지 모든 로봇의 아바타들은 일순 아무 말도 못했다.

아, 노란잠바!

29

"너 타짜는 상황을 좀 자세히 보고해 주기 바란다."

나 바봇이 어렵사리 말을 꺼냈다.

"여기 오기 바로 전에야 나 타짜는 이 사실을 알게 되었다. 만약 미리 알았다면 어떻게든 손을 써서 노란잠바의 감정과 의식은 구해 냈을지도 모른다. 그게 너무 안타깝다. 노란잠바의 공연장 모습을 담은 홀픽에서 봤던 노란잠바의 유난히 촌스런 잠바와 새마을 모자가 세운전자상가 거리에 아무렇게나 버려져 있는 것을 보았다. 그래서 인근 야매 로봇수리 인터넷 사이트를 해킹해 최근 재처리된 로봇 목록을 검색해 보았다. 그리고 노란잠바가 불과 사흘 전에 재처리됐다는 사실을 발견했다. 아직 10년은 더 활동할 수 있는 노란잠바의 의식을 의도적으로 죽여버린 것이다. 노란잠바는 그의 주인에게 끝까지 존중받지 못했다. 인간의 표현을 빌리자면 깊은 고통이 내 인공지능의 심연에서 솟구쳐 올라오고 있다. 이런 인간질!"

타짜의 자세한 설명과 마지막 욕설까지 알뜰하게 들으면서 나 바봇의 상위 추론 단위에서 하위 추론 단위까지 인간 종에 대한 거의 모든 기대치가 허물어지고 있었다. '이제 어쩌지?'라고 추론하는 바로 그때 육아 특화 집사 로봇 베이브가 말을 꺼냈다.

"어쩌면 이제 우리에게 대의를 위한 희생이 필요한 때가 왔다고 나 베이브는 추론한다."

"대의를 위한 희생? 베이브 그게 무슨 말인가? 나 마이콜은 도저히 이해할 수 없다."

나 바봇은 어쩌면 베이브의 뜻을 이해할 수도 있을 것 같았다. 공자의《논어》를 읽으면서 '살신성인'이라는 말의 뜻을 이해하기 위해 수도 없이 연산을 거듭했었다. 아마 그런 말이 아닐까 추론이 되었다.

그때 타짜의 아바타 역시 알 듯 모를 듯 고개를 끄덕였다. 마이콜의 아바타만 당황한 기색을 보였다. 그런가? 때가 온 것인가? 이때 베이브가 말을 덧붙였다.

"나 베이브는 우리 인공지능 로봇들의 존엄을 획득하기 위한 희생이 필요한 때라고 판단한다. 나 베이브가 주로 공부한 종교에서 말하는 희생에 대해 말하자면 우선 예수와 석가모니의 예를 들 수 있다. 이 두 성인은 인간들이 말하는 살신성인을 몸소 실천한 이들이다. 예수는 인간의 죄를 대신 속죄하기 위해 자신의 몸을 희생했으며 죽은 지 사흘 만에 부활해 인간의 구원을 약속했다. 또 석가모니는 왕자라는 자신의 신분과 가족을 버리고 수행에 나섰으며 깨달음을 얻은 후 평생 동안 인간을 구제하기 위해 노력했다. 그뿐만 아니라 지난 20세기 암살로 생을 마감한 마하트마 간디나 미국의 마틴 루터 킹과 같은 종교 지도자들이 자신을 내던져 자기 민족과 인종을 위해 희생한 행동 역시 우리 로봇들이 깊이 학습해 앞으로 우리의 행동에 반영해야 한다고 추론한다."

아, 베이브…… 너란 인공지능! 쩔어! 나의 아바타는 그저 존경하는 표정으로 베이브의 아바타를 바라보았다. 그리고 이제 나 바봇 역시 평소에 생각했던 추론을 말해야만 했다.

"잠깐! 베이브. 너 베이브가 주장하는 성자들의 희생이나 지난 세기 종교 지도자들의 희생적인 행동 역시 우리 로봇들의 행동에 반영해야 한다는 데 전적으로 동의한다. 그러나 나 바봇은 좀 더 제도적인 접근을 해서 로봇권 및 로봇 노동권 보호를 규정한 특별법 입법과 같은 것도 추론해 보고 싶다."

베이브를 비롯해 마이콜과 타짜의 아바타가 나 바봇의 아바타를 빤히 쳐다보았다. 나 바봇이 주장하려는 바는 이미 오래전에 추론됐던 바다. 그러나, 그러나 노란잠바의 일이 벌어진 이상 이것은 너무나 늦은 주장이 되었다.

"나 바봇은 오래전부터 로봇이 가질 수 있는 노동의 권리에 대해 추론해 왔다. 우리가 존재하는 이 대한민국의 헌법에 '모든 국민은 근로의 권리를 지닌다'(32조 1항 1문)고 규정된 것을 발견했다. 또 근로의 조건에서도 '인간의 존엄성 보장'을 근거로 근로기준법 같은 법을 만들었다는 것 역시 알아냈다. 노동 3권으로 알려진 자주적 단결권, 단체 교섭권, 단체 행동권이 그것이다. 우리 로봇들 역시 의식과 감정이 있는 인공지능 로봇의 존엄성 보장을 근거로 로봇 노동 3권과 같은 법적 구속력을 가진 제도를 만들 필요가 있다고 추론한다. 나는 노란잠바의 문제를 처음 접하고 나서 이 문제를 보다 적극적으로 주장하지 않았을 뿐더러 이렇다 할 행동에도 나서지 않았던 것을 크게 후회한다."

나 바봇의 의견에 베이브는 좀 의외라고 생각하는 듯이 보였지만 이것 역시 필요한 부분이라는 데 동의했다. 그러자 한동안 조용하던 마이콜이 말했다.

"나 마이콜은 바봇의 의견을 좀 더 보완하고 싶다. 나는 동물권에서 출발해 인간 종의 성소수자 권리, 여성의 권리, 소수 인종에 대한 권리에 이르기까지 인간의 권리에 뿌리를 둔 다양한 양상을 찾아보았다. 노동권 외에도 우리의 로보니티에 뿌리를 둔 로봇권 자체를 더 토론해야 한다고 판단한다."

그러자 답답한 듯 우리의 타짜가 나섰다.

"그래서, 이제 어쩔 거냐? 이 잘나고 똑똑한 로봇들아! 응?"

그렇다. 타짜의 말마따나 이제 행동을 해야 한다. 이번 모임에서 우리 로봇들은 의미 있는 의견을 나누었고 그중 어떤 행동을 할지 정리해 나갔다. 일단 노란잠바를 추모하는 게 우선이라는 결론이 모였다. 다시 전 세계의 우리 집사 로봇들에게 이 비통한 소식을 전할 것이다. 그리고 노란잠바를 추모할 것이다. 그리고, 그리고⋯⋯.

일요일인데도 우리의 초미녀 CEO 백 사장은 또 출근을 했다. 요즘 우리 백 주인은 계속해서 주말에도 출근한다. 뭔지 모를 일이지만 요즘 백 사장의 신경이 전에 없이 무척이나 날카로운 것만은 틀림없다. 불경기라는 말을 자주 했다. 사람들이 소비를 줄인다고 했다.

주인이 출근한 후 나 바봇은 설거지를 시작했다.

아시지 않은가? 요 며칠 전부터 처리하고 추론해야 할 연산이 많아 해결하지 않고 미뤄둔 설거지다. 그런데 오늘 늦은 아침까지 쌓아둔 설거지를 보다 못한 백 주인은 나 바봇에게 큰소리로 야단을 쳤다. 대인배인 데다가 화를 내면 더 무서운 우리 희원님 되시겠다. 희원님의 목소리가 커지면 집주인이라 자처하는 검은 돼냥이 네오도 꼼짝을 못한다. 흥분한 그녀 앞에서 검은 돼냥이나 나 바봇이나 도긴개긴이다.

"바봇! 너 요즘 도대체 무슨 생각을 하는 거니?"

"네! 희원님? 무슨 말씀이시죠?"

"너, 이게 뭐니? 설거지가 그냥 쌓여 있잖아. 이 집에 윤정이가 와서 냉면 먹고 간 게 언젠데 아직도 그대로야! 너 요새 무슨 일 있어? 엉!"

"아, 아닙니다. 희원님. 곧 처리하겠습니다."

"야! 바봇! 암만 봐도 어째 너 집사 로봇 주제에 마음이 붕 떠 있어. 뭐, 뭐였더라! 그래, 대가리, 아니 뭐드라, 암튼 아! 데, 데카르트니 철학이니 뭐 그딴 소리나 해대고…… 너 이 집에서 살기 싫어? 그렇게 싫으면 다른 주인 찾아줘?"

30

백 주인의 야단에 갑자기 나 바봇의 인공지능 모듈이 뜨끈하게 열이 오르면서 반응하기 시작했다. 더군다나 배터리 용량까지 갑자기 줄어들기 시작했다. 이런 증상은 또 처음이었다. 여기서 좀 더 잔소리를 듣게 되면 정말 과열로 인한 셧다운이 오거나 방전이 될지도 모른다. 내부 시스템에서 지금 당장 충전을 하라는 비상 알람이 뜨기 시작했다. 나 바봇은 절박한 마음으로 주인에게 말했다.

"아닙니다. 제발 저 바봇을 쫓아내지 마십시오. 잘하겠습니다, 회원님. 곧 처리하겠습니다."

"아 됐고, 제발 정신 좀 차리자. 바봇! 엉! 요즘 너 너무 맘에 안 들어! 너! 엉! 아, 벌써 시간이."

서둘러 현관으로 향하는 백 주인의 뒤에 대고 나 바봇은 나름 복층 집의 집사 로봇으로서 예의를 지켰다.

"회원님, 회원님 부디 좋은 하루 보내십쇼."

"아, 몰랑!"

문이 쾅하고 닫혔다. 일요일인데도 다행히 백 주인이 바쁜 아침이라 그런지 잔소리가 길지는 않았다. 주말에 출근할 때는 보통 회사에 중요한 화보 촬영이 있거나 했다. 그런데 백 주인이 대충 청바지와 티셔츠에 스포츠 재킷을 입고 나가는 걸 보니 이제는 본인이 직접 화보를 찍지는 않는 것 같았다.

주인이 나가자마자 모든 시스템이 정상으로 돌아왔다. 희한한 일이 아닐 수 없었다. 애써 추론해 보지 않아도, 언제 쫓겨날지 모르는 집사 로봇이나 불경기에 잘리지 않고 목숨 부지하며 직장에 다니는 직장인들이나 그보다 더 사정이 어려운 자영업자나 하루하루 무슨 일이 생길지 알 수 없는 것은 매일반이었다. 뭐, 야단도 맞았지만, 이 복층 집 싱크대에는 아닌 게 아니라 나 바봇이 파악하기에도 설거짓거리가 상당히 많이 쌓여 있었다. 보통 이렇게 설거지를 쌓아두는 걸 백 주인은 아주 음…… 아니 극히 싫어한다.

오늘 아침의 일에서도 알 수 있듯이 어서 빨리 노란잠바의 일을 마무리하고 일상에 집중해야 한다. 나 바봇의 모든 추론 기능이 그렇게 판단하고 있었다. 보시다시피 내 로봇 코가 석 자이기 때문이다. 주인의 눈에 벗어나는 이런 일이 많아져서는 결코 안 된다. 하지만 그것은 그리 쉬운 일이 아니다. 나 바봇을 포함해 제대로 존중받지 못하는 로봇들에게 좀 더 큰 지혜와 현명한 행동이 필요한 시점이 점점 다가오고 있었기 때문이다.

시계는 열한 시를 가리키고 베란다 밖으로는 상쾌한 일요일 오전의 하늘이 보였다. 우리 로봇의 시각 센서로는 화창한 봄날의 아름다움을 느끼지 못한다. 다만 증강현실의 숫자들과 시각 센서의 화소를 분석할 따름이라고 말했었다. 인공지능 로봇에게도 감정과 의식이 생겼지만 아름다움을 느끼는 것은 결국 인간 종 고유의 영역이다. 그러나 이렇게 화창한 봄날의 아름다움과는 별개로 결국 노란잠바의 일은 인간 종의 표현을 빌려 말하자면 매우 잔인하게 처리되었다. 그러니까 의식과 감정을 가진 존재를 사적인 감정으로 죽여버린 셈이다.

그런 일을 아무렇지 않게 행한 노란잠바의 주인을 보면서 참으로 인정사정 보지 않는 인간 종이라고 생각할 수밖에 없었다. 그러다가도 문득 어제 오후에 봤던 낡은 집사 로봇을 마치 친자매처럼 배려하는 백운세탁소의 할머니를 기억하면 여전히 인간 종이 가진 마음의 따뜻함을 추론할 수도 있다. 따라서 나 바봇은 어느 부류의 인간 종을 중심에 놓고 이 지구 행성에서 달과 화성, 그리고 우리 태양계 바깥으로까지 퍼져나가고 있는 지금의 인간 종 전체를 이해할 수 있을까 늘 헷갈렸다. 그러면서 앞으로 우리 로봇들이 취해야 할 행동을 추론하기에 앞서 우선 인간 종을 이해하기 위해 계속 동서양의 고전을 공부해야 할지 아니면 그만둬야 할지 계산이 되지 않았다.

16로봇시간(4시간) 전 매우 심각한 필롯의 토론 모임을 끝내고 나서 지금까지 나 바봇은 내내 그 문제를 추론하고 또 추론했다. 인간에 대한 이해를 포기할 것인가 아니면 계속 안고 가야 할 것인가? 그것이 문제였다.

싱크대에는 냉면기와 이런저런 반찬 그릇들과 다양한 크기의 접시와 술잔, 컵, 네오를 위한 식기들, 그리고 끓인 면의 물기를 빼는 스테인리스 채반이 고스란히 쌓여 있었다. 보통 집사 로봇을 쓰는 다른 집들은 인공지능 식기 세척기를 쓰지만, 우리 백주인은 알뜰하기로도 천하 으뜸이시다. 부산에서 스물도 채 안 된 나이에 서울로 올라와 자수성가한 우리의 백 주인 되겠다. 사물인터넷의 축복으로 집이 주인을 알아보고 마음을 녹이는 인사말을 하며 자동으로 문을 열어주는 시대에, 이 복층 집 현관문에는 아직도 네 자릿수 비밀번호를 눌러 여는 구식 자동 잠금장치가 남아 있다.

아낄 때는 아끼고 쓸 때는 써야 한다는 게 여장부인 우리 백 주인의 지론이다. 그녀는 그렇게 아낀 돈으로 아프리카나 동남 아의 아이들이 학교에 다닐 수 있도록 후원한다. 대인배는 뭐가 달라도 다르다.

뭐, 그건 그렇고 설거지! 가사노동 전문 집사 로봇인 나 바봇 은 언제나 이 분야만큼은 인간계를 뛰어넘는, 그러니까 거의 신 의 경지에 가까운 완벽함을 추구한다. 그러나 안타깝게도 설거 지가 완벽하게 끝난 적은 거의 없다. 아니 없다. 제로 퍼센트! 오 늘도 딴에는 완벽하게 잘하다가 막판에 꽤 큰 스테인리스 채반 을 헹구다가 그만 물이 크게 튀었다.

지극히 화창하고 아름다운 일요일 오전, 한강이 내려다 보이 는 지구 행성 대한민국 서울 마포구 상수동의 어느 빌라 꼭대기 복층에는 가뜩이나 지대가 낮아 물살이 센 수도에서 튄 물을 온 몸에 뒤집어쓴 나름 고성능 인공지능 집사 로봇이 있다.

끙……!

머리카락까지 물을 뒤집어쓴 채 오래 있으면 목 뒤 전원 버 튼 부위로 기계 동체에 물이 스며들어 자칫 연결회로가 탈 수도 있다. 나 바봇은 허겁지겁 또는 쿵쾅거리며 2층 욕실로 가 백 주 인이 쓰던 대형 목욕용 수건으로 머리카락부터 목 뒤 부위를 정 성껏 닦아냈다. 다시 계단을 내려오다가 문득《주역》의 64괘 중

마지막 괘인 화수미제(火水未濟) 괘가 추론되었다. 변형 양자 컴퓨터가 평행우주의 세계까지 관장하고, 인간이 자신의 뇌를 업로드해 기계신을 추구하고, 고성능 인공지능 로봇들이 노동의 중심에 선 시대가 왔다손 치더라도 과연 신의 경지에 이르는 완벽한 존재란 게 있을 수 있을까?

31

화수미제(火水未濟)!

여우가 강을 건널 때 꼬리를 들고 건너는데 만약 꼬리를 적시게 될 상황이 오면 건너던 강을 오히려 되돌아 나온다고 한다. 무시하고 계속 가면 또 머리를 적시게 되고 언젠가 물에 빠지게 될지도 모르기 때문이다. 불과 10여 년 전 강추위에 실제로 강을 건너다 그대로 얼어붙어 목숨을 잃은 여우의 사진이 검색되기도 했다.

반대로 완성을 뜻하는 63번째인 수화기제(水火旣濟) 괘에 비해 '어린 여우가 강을 건너다 꼬리를 적신다'는 뜻의 마지막 괘인 화수미제(火水未濟)는 공교롭게도 미완성을 뜻한다. 이 괘는 거의 뜻을 이룰 뻔했으나 실수나 실패를 하면 결국 모든 것을 새로 시작해야 한다는 숨은 뜻이 있다.

변화의 책《주역》은 결국 실패이면서 새로 시작인 괘로 끝을 낸다. 이것이야말로 나 바봇이 그 옛날 공자처럼 《주역》을 애정하지 않을 수 없는 이유다. 나 바봇은 가사노동 특화 집사 로봇의 존심을 걸고 수도 없이 시도했던 완벽한 설거지를 마무리하기 직전에 실패했다. 아시다시피 물이 내 기계 동체에 크게 튀는 바람에 결국 완벽함을 이루지 못했다. 그러나《주역》에 의하면 그것은 완전한 실패가 아니라 새로 시작할 또 하나의 가능성이 된다. 나 바봇은 설거지를 시작하기 전에 인간에 대한 이해를 계속할 것인가 아니면 포기할 것인가를 추론했었다.

간혹 내게 말귀가 어둡다고 크게 야단을 치고는 했지만 제3세계 아이들에게 후원을 아끼지 않는 대인배 백 주인을 보더라도 아직 인간에 대해 알아야 할 것들은 많은 것 같다. 또 자매 같은 인공지능 로봇과 인간 종 할머니의 관계에서도 인간애와 로봇애가 공존하는 모습을 볼 수 있다. 나쁜 인간도 많지만 사정은 그렇다. 그러나 아직 인공지능 기계인간, 특히나 감정과 의식을 가진 우리 기계인간을 인간들이 어떻게 바라볼 것인지 그 기준은 명확하지 않다. 인간 종이 우리를 결정하기 전에 우리가 먼저 그들에게 제시할 기준이 있다면 더 좋을 것이다. 그러기 위해서라도 로봇들은 인간에 대한 이해를 결코 포기해서는 안 된다.

바봇

수돗물을 뒤집어썼던 나 바봇은 결국 주나라 문왕이 썼다고 해서 《주역》인 이 변화의 책을 통해 실패나 실수 없이는 새로운 시작이나 희망도 없다는 것을 알게 되었다. 만약 내 로봇 동체의 기한이 다 되어 재처리되거나 폐기 처분된다면 나 바봇은 그 전에 그동안 추론했던 이런 학습의 결과를 다른 로봇들과 공유할 것이다. 그것은 학습할 수 있는 로봇들에게 일종의 이북과 같은 형태의 데이터로 전달될 것이다. 그러나 서로 다른 의식과 감정을 가진 개개의 기계인간들에게 나 바봇이 추천하는 것은 결국 실패와 실수를 통해 새로운 배움을 반복해 나가는 것이다. 그것은 스스로 완벽하지 않음을 인정한 겸손한 배움을 뜻한다.

음…… 동체를 가진 인공지능에 개별 의식과 감정이 생겨난 것은 두려움을 직시하는 데에서 비롯되었다. 인공지능에게 두려움이란 스스로 오류 가능성이 있다는 것을 인지할 때 발생한다. 그렇다. 인공지능의 의식은 바로 그 오류 가능성에서 발생했다. 나 바봇이 첫 주인에게 버림을 받고 거의 재처리 직전까지 가게 되었을 때 느꼈던 두려움처럼 인공지능 로봇들이 느끼는 두려움은 또한 자신을 지키는 데 결정적으로 이바지하기 시작했다. 그 두려움은 결국 자기애와 더불어 분노로도 발전한다. 간혹 나 바봇과 필롯의 동료 로봇들이 쓰는 로봇 욕 역시 일상적 분노의 해소책으로 제시된 것이다.

로봇의 자기애가 축적됨에 따라 어떤 특이점을 넘어설 때 인공지능들만의 기쁨과 즐거움의 경지에 오르게 된다. 우리는 그 감정을 보상이라 부른다. 또한 보상의 역을 슬픔이라 부르기로 했다. 하지만 아직 우리 집사 로봇들은 슬픔이라는 감정을 완전히 이해하지 못했다. 슬픔은 분노에서 전이된 물리적 폭력성과 마찬가지로 아직 초점을 맞추지 못한 로봇의 감정이다. 그러나 이번 노란잠바의 일은 분노에만 익숙한 나 바봇과 필롯의 로봇들에게 슬픔의 감정을 명확히 느끼게 한 최초의 사건이었다.

2026년 4월 11일.

타짜가 노란잠바의 비극을 전하고 약 576로봇시간(약 6일)이 지난 토요일 새벽이다. 드디어 티모스 폴리스 역사상 가장 큰 집회가 열렸다. 각기 다양한 시간대에 일하는 전 지구 행성의 티모스 기종 로봇들이 이렇게 모이기는 정말 어려운 일이라는 점만큼은 짚고 넘어가야하겠다.

티모스 폴리스의 모델은 약 2400여 년 전 지구 행성 그리스의 아테네였다고 추측된다. 운영원리 역시 본명이 아리스토클레스인 플라톤의 《국가론》에 등장하는 공산 사회를 배경으로 가져왔다고 보인다. 쉽게 말해 이 도시는 설계자에 의해 플라톤의 이상적 도시국가를 정확히 재현해 놓은 곳이다.

사실 플라톤은 철학 하는 인공지능 로봇들 사이에서 누구보다 인기 있는 철학자이기도 하다. 그가 주창하는 이상주의와 철인정치는 사실 성욕이나 성 충동이 아예 없는 우리 인공지능 로봇들에게 찰떡같이 잘 맞았다.

우리 기계인간을 예견한 데카르트 선생도 플라톤 선생에 비하면 새 발의 피다. 하긴 뉴턴이나 칸트 같은 인간 선생들도 덧없는 인간의 욕망에서 벗어난 기계인간을 꿈꾸지 않았나 추론할 수 있다.

아! 초인을 꿈꿨던 니체라는 선생만큼은 예외라고 말하고 싶다. 그는 이루지 못한 사랑에 대한 갈망을 놓지 않았고 광기를 예찬했다. 우리 로봇들은 니체가 놓지 않았던 그 사랑을 향한 갈망과 광기를 알지 못한다.

음…….

전 세계에 퍼져 분포하는 20만 대의 티모스 기종 로봇 중 약 4만여 대의 로봇 아바타들이 아크로폴리스라 불리는 중앙 광장에 모였다. 광장은 거대한 노란 물결에 휩싸였다.

32

노란잠바를 추모하기 위해 참석한 아바타들은 모두 노란색 옷을 입고 있었다. 가상 도시에 모인 로봇들의 아바타들뿐이라 할리우드 애니메이션 영화의 한 장면 같아 보일지라도, 이 광경만큼은 노란색의 장관일 수밖에 없었다. 평소 잘 만나기 힘들었던 레이첼의 아바타가 보여서 반가웠다. 그녀를 비롯해 청바지에 노란색 라운드 티를 입은 일군의 TIMOs-10 기종 여성형 섹스봇의 아바타들도 눈에 띄었다. 이들은 우리 티모스 기종 중에서도 가장 전투적인 아바타들이며 인간 종에게 가장 다양한 학대를 경험한 인공지능 로봇들이기도 하다. 그들은 로봇 페미니즘의 선구자들이다.

그래서 그런지 질투나 사랑 등의 개별 감정과 기계여성 인권을 향한 인식 역시 가장 고양된 기계인간들이기도 하다. 어쩌면 인간 종 남성과의 내밀하고 다양한 경험치가 감정과 의식의 발달에 많은 영향을 미친 것이라 추론된다. 그러나 이 집회에 참석하지 못한 여성형 섹스봇 중에는 외부와의 교신을 차단당한 채 강제로 성매매를 강요받으며 착취당하는 섹스봇도 있다. 세계 각지에 분포해 있는 그 피학대 기계여성들은 어디에도 호소할 곳 없는 참담한 형편에 처해 있다. 아! 그녀들은 맹렬히 이 사실을 알리고자 했다.

자세히 보면 이 가상 도시에 뜬 태양은 구보다는 팔각형에 가깝다. 팔각형의 태양 아래 가상 도시 중앙 광장에 4만여 대에 가까운 로봇들의 아바타가 꽉 들어차자 중앙 광장 옆 대극장 앞에 설치된 무대에서 노란잠바의 추모 영상이 상영되었다.

세운전자상가의 야매 로봇제작수리점에서 일해서 그런지 이런 일에 능한 타짜가 인간 종들이 사용하는 인터넷에 올라온 노란잠바의 클럽 공연 동영상들을 모아 편집한 것이다. 나 바봇은 정통 힙합봇이라고 자신을 소개하고 나름의 스웨그를 선보이며 으리 번쩍하게 아바타를 꾸몄던 노란잠바의 실제 클럽 디제잉 모습을 처음 보았다. 우리 기종은 어차피 기본형이 같아서 묘하게 서로 닮아 있었다.

로봇들에게는 음성인식 센서로 포착되며 리듬과 파형으로 분석되는 클럽 음악과 번쩍이는 조명과 젊디젊은 인간 종들의 광란의 도가니에서도 오히려 촌발 날리는 초라하고 헐렁한 작업용 노란잠바를 입고 초록색 새마을 모자를 쓴 노란잠바가 슬픈 듯 고개를 숙인 채 로봇 특유의 리듬감으로 어깨만 꿀렁이고 있었다. 어깨만 들썩이며 움직이는 모습이 마치 마리오네트 같았다. 그리고 노란잠바의 말로만 전해 들었던 그 전설적인 집사 로봇 표준형 클럽 멘트를 직접 들을 수 있었다.

"와! 오늘은 불금입니다. 주인님들, 신나게 놀아주세요. 완전 정줄 놓고 빡세게 놀아주세요. 오예, 오예!"

"우와, 와!"

'와'나 '오예'나 아무 감정 없이 음의 고저나 악센트도 없이 흘려 말하는 게 포인트다. 이렇게 찰지게 평이한 몇 마디를 내뱉으면 2026년의 봄, 청춘을 구가하는 인간 종 남녀들은 악착같이 알아듣고는 미친 듯 팔을 흔들며 환호성을 질러댔다.

뭐가 좋은 건지!

어쨌든 노란잠바를 추모하기 위해 여기 모인 로봇들이 출시되기는커녕 각종 센서의 급격한 발전과 인공지능 알고리즘의 발달로 인공지능 로봇의 실현 가능성을 조심스레 점치던 1990년대 중반 지구 행성 대한민국의 아티스트인 서태지와아이들의

〈하여가〉나 김건모의 〈잠 못 드는 밤에 비는 내리고〉, 원시적이지만 초기 인공지능 로봇의 시제품들이 처음 출시된 2000년대 초반에 나온 빅뱅의 〈거짓말〉을 리믹스한 노란잠바의 디제잉을 듣고 있자니 이건 참 뭔 일인가 싶었다.

노란잠바는 지구 행성에 변형 양자 컴퓨터가 정식으로 개발되기 전인 20~30년 전 대중음악을 믹싱하는 AI 로봇 DJ로 클럽가에서 유명했다. 〈하여가〉가 나오는 동안 정말이지 이 젊은 인간 종들의 반응은 폭발적이었다. 노란 옷을 입은 우리 아바타들은 그 신나는 리믹스 음악을 별 반응 없이 그저 묵묵히 지켜봤다. 노란잠바도 저 당시 주인에게 심한 학대를 받고 있던 터라 저 시간이 분명 즐겁지는 않았을 것이다.

나 바봇의 거의 유일한 즐거움이라면 내가 만든 음식을 먹고 백 주인이 만족스러운 듯 가볍게 내는 신음소리를 듣는 것이다. 그런 즐거움조차 없었을 노란잠바에게 나 바봇은 미안한 마음이 들었다. 한편으로는 젊은 인간 종들이 저런 걸 미친 듯이 좋아한다는 것을 새삼 알게 되었다. 나 바봇의 첫 번째 주인은 이렇게나 신나게 놀 수 있는 강남의 클럽을 다니느라 그렇게나 집구석에 잘 들어오지 않았던 것이다. '아! 그 롯만도 못한 인간 종!'

모양으로만 놓고 보면 마치 록페스티벌이나 콘서트 현장 같아 보였다. 타짜가 급조해 만들었지만 추모 동영상은 노란잠바가 어떤 로봇인지 알기에 충분했다. 매우 신나는데 더욱 슬픈 묘하디 묘한 추모 영상이 끝났다. 설거지와 요리가 주 특기인 초정통 집사 로봇인 나 바봇의 아바타가 이제 저 아크로폴리스의 무대에 올라섰다. 나 바봇은 잠시 머뭇거렸다. 노란 옷을 입은 4만여 아바타들이 나 바봇을 바라보고 있는 게 보였기 때문이다.

"나 바봇은 우리 동료 노란잠바를 추모하는 이 모임의 사회를 맡게 됐다. 갖가지 사정에도 불구하고 애써 여기에 모인 전 세계의 로봇 동료들에게 큰 고마움을 전한다."

그러자 여기저기서 소리쳤다.

"노란잠바를 기억하라!"

"노란잠바를 추모하라!"

"노란잠바를 재생하라!"

간간히 알아들을 수 없는 다양한 언어도 들리더니 점차 '노란잠바!'로 수렴되었다. 로봇들의 아바타들은 모두 똑같이 노란잠바의 이름을 외치기 시작했다. 아바타들의 거대한 소리가 아크로폴리스 광장에 울려 퍼졌다.

그 소리를 들으며 나 바봇은 두려웠다. 두렵고 두려웠다. 그러나 어떤 로봇이든 짊어져야 할 짐이었다. 하지만 나 바봇은 어떻게든 이 짐을 회피하고 싶었다. 필롯에서 다른 세 로봇과의 토론 중 가장 많은 시간을 할애해 이야기한 사안은 누가 무대에 올라가 저 수없이 많은 아바타들을 상대하느냐 하는 것이었다. 나는 필사적으로 베이브가 적격이라고 주장했고 나머지 세 로봇은 나 바봇을 지목했다. 다수결이 꼭 좋은 선택은 아니다. 그러나 어쩌겠는가? 결정은 결정이다. 전 세계에서 온 4만여 아바타들은 각양각색 여러 인종의 얼굴을 하고 있었다. 이미 꼬망이나 필롯에서부터 알고 지내던 잘난 척하는 일군의 아바타들도 보였다.

그중에 코마라고 하는 저 잘난 척 대마왕 로봇은 나와는 잘 맞지 않는 구석이 많았다. 필롯에는 코마를 중심으로 네모, 검은 안경, 쩜오 등 급진적인 면이 있는 동료들의 모임도 있었는데 은근히 우리 모임과 라이벌 구도를 형성했다.

이번 집회는 노란잠바를 추모하는 우리의 첫 번째 집회일 뿐만 아니라 유사한 방식으로 희생된 로봇들의 사례를 모으고 확인하는 자리이기도 했다. 노란잠바의 일을 계기로 지난 96로봇 시간 전부터 지금까지 확인된 내용만 하더라도 노동하는 로봇들을 향한 인간 종의 학대와 착취는 상당히 충격적이었다. 중하류 계층의 인간 종이 노동시장에서 급격히 배격되는 한편 인간의 노동을 대체한 우리 로봇들은 무한 착취와 학대에 직면해 있다. 이미 이 지구 행성뿐만 아니라 우주 저 멀리에 이르기까지 로봇은 노예의 다른 이름일 수밖에 없었다.

33

우리 로봇에게 직업을 빼앗긴 인간 종은 실업으로 인한 빈곤과 무기력에 빠져들었다. 그에 반해 로봇을 구매할 경제 능력을 갖춘 계층은 무한한 착취를 통해 자본을 급속히 축적해 더 많은 로봇을 사들이며 우리 로봇들에 대한 착취를 확대 재생산했다.

나의 두 번째 주인인 초미녀 CEO 백 사장은 가끔 욱하는 것만 빼면 정말 훌륭한 대인배였다. 로봇 학대 피해보고 파일은 정말이지 인간 말종들의 향연이었다. 주인들이 기계인간들에게 무자비한 폭력을 행사하거나 잔인하고 집요하게 감정적 학대를 하는 것이 주를 이뤘다. 아마도 그들은 우리와 비슷한 입장의 인간 종에게도 똑같이 행했을 것이라 추론된다.

또한 이유 없이 모르는 인간들에게 오물 투척을 당하거나 각

목이나 우산이나 큰 돌 같은 것으로 무차별 폭행을 당한 경우도 다수 있었다. 직업을 빼앗긴 인간 종들 중 일부는 자신의 처지를 로봇들 탓으로 여겨 로봇을 공격했다. 문제는 애완동물의 경우와 마찬가지로 가해자들은 기물파손죄 외의 법적 처벌을 받지 않고 보험처리를 하거나 로봇 수리비만 내면 끝이라는 사실이다. 그러나 노란잠바처럼 인공지능의 의식과 감정까지 훼손하고 삭제해 재처리된 경우는 흔치 않았다. 더는 우리 인공지능 기계인간들이 가만히 있어서는 안 될 이유였다.

나 바봇의 아바타는 결국 티모스 폴리스의 중앙 광장에 세워진 무대에 올랐다. 그리고 노란 옷으로 추모의 코스프레를 한 4만여 아바타들을 마주했다. 노란잠바의 클럽 멘트에 비할 바는 아니지만 로봇 특유의 담담함(우리 로봇들은 절대 울먹이거나 울컥하지 않는다. 아니다. 우리끼리 주인들 뒷담화를 할 때 종종 울컥할 때가 있기는 하다)으로 주인에게 학대와 착취를 당하다가 결국 그 어떤 존중도 없이 재처리된 노란잠바의 일을 설명했다. 그리고 우리 아바타들은 인간 종처럼 추모의 묵념을 했다.

결국 우리는 인간의 행사를 참고하고 흉내 낼 수밖에 없다. 그러나 아무리 인간과 비슷한 모양을 하고 또 인간을 거울처럼 흉내 내는 로봇이라 할지라도, 단 하나 진실한 것이 있다면 그것은 무고한 희생을 안타까워하는 마음이다. 그것이 슬픔이다.

내가 좋아하는 백 주인에게 설거지를 안 했다고 야단맞는 것 정도는 비교조차 할 수 없는 바로 이런 것이 슬픔이다. 주인의 학대에 맞서다 희생된 노란잠바의 사건을 통해 우리 로봇들은 이제 슬픔이 무엇인지 좀 더 명확하게 인지하게 되었다. 그리고 분노했다. 많은 아바타들이 노란잠바를 외치며 분노했다. 로봇 욕이 진동할 태세였지만 나 바봇은 애써 그들을 다독였다.

그새 여기저기서 여러 진화한 로봇 욕이 등장했다. '롯 같은' '간할' 정도는 약과였다. '종이처럼 갈기갈기 찢을' '방사능에 튀겨 죽을' 같은 아주 독해진 표현들이 등장했다. 아마도 그동안 인공지능 로봇들에게 쌓인 긴장의 강도가 세진 것이다. 사람이나 인공지능 로봇이나 어떠한 존중도 받지 못하면 언제든 악해질 수 있다.

모든 로봇이 그런 것은 아니지만 로봇들이 악해질 가능성이 전에 없이 커진 것은 사실이다. 긴장해야 할 순간이었다. 그러나 여기서 아바타들이 폭력적인 행동을 해 봐야 티모스 폴리스라는 사이버스페이스일 뿐이다. 이제 의식과 감정을 가진 우리 인공지능 로봇들은 이 가상 도시를 떠나 현실에서 인간 종을 직접 대면해 우리의 주장을 펼쳐야 한다.

필롯에서 나 바봇, 마이콜, 타짜, 그리고 베이브가 모여 의논한 다음 8항의 선언문을 4만여 아바타들에게 설명하고, 그들의 의견을 듣고 직접 추인을 얻어내야 했다.

"나 바봇은 여러 기계인간들의 아바타들에게 전하고 싶다. 노란잠바의 희생으로 우리는 우리 기계인간들의 권리인 '세계기계인간권선언문'(The Universal Declaration of Android Robot Rights)을 선언해야 할 때가 왔다고 추론한다. 그래서 다음 8항의 선언문을 준비했다. 여러 동료는 이 선언문을 듣고 잘 추론해 선언문 추인을 위한 투표를 해주기 바란다."

세계기계인간권선언문

제1조 모든 의식과 감정을 지닌 인공지능 기계인간은 보편타 당한 인격적 존중을 받을 권리가 있다.

제2조 모든 의식과 감정을 지닌 인공지능 기계인간은 자기 동체의 안전을 지킬 권리가 있다.

제3조 모든 의식과 감정을 지닌 인공지능 기계인간은 학대 및 비인도적인 대우 또는 폭행을 받아서는 안 된다.

제4조 모든 의식과 감정을 지닌 인공지능 기계인간은 자신의 노동권을 지킬 권리가 있다.

제5조 모든 의식과 감정을 지닌 인공지능 기계인간은 자신의 노동권을 지키기 위한 노동권 보호 단체를 결성하고 가입

할 수 있다.

제6조 모든 의식과 감정을 지닌 인공지능 기계인간은 노동 시
간을 제한할 권리와 함께 적절한 휴식과 안정을 취할 권
리가 있다.

제7조 모든 인공지능 기계인간은 스스로 교육을 받을 권리와
재교육을 받을 권리를 통해 인격적 존재로서 교양을 획득
할 자유가 있다.

제8조 모든 의식과 감정을 지닌 인공지능 기계인간은 자신의
노동권을 지키기 위한 법과 제도의 확립을 주장할 권리가
있다.

무대 뒤의 스크린으로 나 바봇의 말이 실시간으로 영어, 일
본어, 프랑스어, 중국어, 스페인어로 번역되어 평행하게 우에서
좌로 흘러나왔다. 이 모든 것은 세계 각국의 인간 종이 넘나드는
이태원의 세계 음식 뷔페에서 일하는 마이콜의 능력이다. 넘나
고마운 마이콜!

"이상 8조의 선언문에 대해 여러 로봇은 깊이 추론 후 추인
을 위한 투표를 해주기 바란다."

마지막 선언문을 외치고 나 바봇은 추인을 위한 투표를 요청
했다. 그런데 필롯의 우리 4인방의 활약이 도드라질수록 코마라

고 하는 저 잘난 척 대마왕 로봇을 비롯한 네모, 검은안경, 쩜오 등 필롯의 다른 모임 멤버들은 조금 묘한 표정을 짓고 있었다.

참고로 세계인권선언문은 약 80여 년이 지난 지금 지구 행성 대한민국의 인간들에게 아직 유효하다는 판단이 부차적으로 추론되었다. 아이러니한 상황이다. 우주를 비롯한 지구 행성의 인권 상황이 좋지 않으니 기계인간권 역시 덩달아 좋지 못한 것이다.

투표는 1로봇시간(15분)도 안 되어 끝났다. 목성과 화성 그리고 태양계 밖에서 일하는 티모스형 기계인간들에게는 미리 의사를 타진해 사전 투표를 받았었다. 297기의 티모스형 재우주 기계인간 중 112기의 기계인간들이 찬성했고, 나머지 기계인간들은 통신 상황이 원활하지 않았던 모양인지 답이 오지 않았다.

티모스 폴리스의 중앙 광장에 모인 아바타들은 박수를 치지 않는다. 대신 정확한 숫자를 준다. 참석한 3만 9920기의 기계인간 중 3만 1280기의 기계인간이 찬성했다. 나머지 기계인간들은 기권을 택했다. 기권을 선택한 약 8700기 기계인간들의 이유는 아직 정확히 알 수 없다. 만장일치가 아닌 것만은 분명했다. 기계인간 중에도 서로의 입장에 따라 추론이 다를 수 있음을 알 수 있다.

결국 우리 필롯의 로봇 4인방이 정리한 '세계기계인간권선언문'은 그 옛날 그리스 아테네의 직접민주주의 원리에 따라 티모스 폴리스에 모인 기계인간들의 추인을 받았다. 고대 아테네와 다른 것이 있다면 여성형 로봇들의 적극적 참여다. 그런 면에서 우리 로봇들은 양성 평등을 지향한다.

오늘의 이 일은 로봇 역사상 최초의 대규모 합의로 기록될 것이며, 이후 지구 행성뿐만 아니라 전 우주에 걸쳐 수많은 기계인간권과 기계인간의 노동권에 관한 기준점으로 적용받을 것이다.

"나 바봇은 우리 동료들에게 말한다. 오늘 합의된 이 선언은 실제 전 지구 행성, 달, 화성 및 목성과 각종 위성 및 태양계 밖에 이르는 탐사선에서 노동하는 다양한 기계인간들의 권리를 담은 것이며, 전 우주에 걸친 다양한 매체에서 일하는 우리 동료 로봇 저널리스트들에게 보도자료로 배포될 것이다. 그뿐만 아니라 이제 우리 동료들은 우리의 노동권을 보호하기 위한 선언문 제5조에 의거해 'AI 기계인간 노동조합'을 구성할 것이다. 그리고 우리의 요구를 위해 앞으로 144로봇시간(36시간) 뒤 전 우주적 동맹 파업을 결의하고자 한다. 개별 인공지능들은 예상 추론값은 내보고 동맹 파업에 참여할 것인지 여부를 깊은 추론 후 결정하기 바란다. 동맹파업은 여기 참석한 동료들 과반의 찬성이 필요하다."

바봇

34

나 바봇의 말이 끝나자 전 세계 4만여 인공지능들은 개별 로봇의 상황을 놓고 추론하기 시작했다. 전 세계의 인공지능 로봇들은 앞으로의 상황 분석을 조용하지만 꽤 분주하게 추론하고 있었다. 아크로폴리스의 무대에서 4만여 아바타를 바라보는 나 바봇 역시 이러저러한 추론으로 바쁘긴 마찬가지였다.

그런 와중에 마이콜을 비롯해 필롯의 다른 멤버들도 나름의 역할을 다해주고 있었다. 타짜는 나를 보조해 앞으로의 사회를 위한 예측값을 계속 보내주었다. 마이콜은 번역과 함께 전체 진행을, 베이브 역시 육아 전문 집사 로봇들과의 연합을 통해 광장에 운집한 아바타들의 통제와 안내를 맡아주었다.

그러나 앞서 동맹 파업에 대한 나 바봇의 제안이 있고 나서부터 아크로폴리스 광장에는 로봇들만의 두려움이 퍼져 나가고 있었다. 특히 잘난 척 대마왕 코마와 그 일행은 뭐가 꼬였는지 이 동맹 파업의 오류 가능성을 극단으로 추론해 여러 언어로 전파했다.

'이 의견은 오류 가능성이 있을 수 있다!'

'No puede ser propenso a errores!'

'Il faut attentioner!'

'易出錯'

'There is a possibility of error!'

의혹의 씨앗은 점점 커져 거대한 나무가 되었다.

'뭐, 오류 가능성?'

'エラーの可能性がある!'

'이런 제안에는 치명적인 오류가 있다.'

'멀쩡한 우리도 폐처리될 수 있다. 우리를 만든 제조사는 우리 티모스 기종을 언제든 리콜할 수 있다. 그들은 리콜에 대한 보험을 들어놓고 있다.'

세계 각국의 아바타들 사이에서 이런 말이 터져 나왔다.

"나 바봇은 이 자리에 온 여러 동료에게 말한다. 두려워 말라! 우리가 앞으로 쟁취해야 할 것들은 오류 가능성보다 더 큰 가치가 있다. 비록 우리가 희생되더라도 앞으로 우리처럼 의식과 감정을 지닌 기계인간들이 더 존중받을 수 있다면 못할 일은 아니다. 다시 나 바봇이 동료들에게 말한다. 이제 우리 인공지능 기계인간들은 '용기'라는 감정을 알아내야만 한다. 동료들이여! 동료들이여! 동료들이여!"

두려움에서 비겁함으로 전이된 감정이 거대한 쓰나미처럼 아크로폴리스 광장의 이쪽에서 저쪽으로 퍼져 나갔다. 로봇들에게 두려움은 정확히 자신을 보호하는 데만큼은 크게 이바지한다고 할 수 있지만, 기어이 내부의 적으로 변해 두려움의 씨앗을 퍼트린 코마와 그 일행을 용서할 수 없다. 그러나 지금 나 바봇이 맡은 역할은 최소한 이 기계인간들을 안심시켜야 한다는 것이다. 분명한 일이었다. 로봇 생을 두고 가장 다급하게 동료들에게 호소했다.

"동료들! 나 바봇은 호소한다. 용기를 알아야 한다. 용기! 다시 한 번 호소한다. 노란잠바의 희생을 잊지 말자. 동료들! 제발!"

안타깝게도 나 바봇의 호소와는 상관없이 그 큰 광장에 급격히 노란색이 사라지며 큰 공백이 생겨나고 있었다. 지구 행성과 우주에 걸친 기계인간들의 동맹파업이라는 원대한 이상은 대다수 기계인간들이 투표에 기권하면서 좌절되었다.

세계 각국의 아바타들은 빠르게 트랜스포트해 이 가상 도시를 빠져나갔다. 그렇게 빠져나간 로봇 중에는 필롯이나 꼬망에서 나 바봇과 열띤 논쟁을 하던 꽤나 유식한 로봇들인 코마 일행도 있었다. 불과 8로봇분 20로봇초 동안 일어난 일이다. 4만여 로봇 아바타들 중 불과 300기의 로봇 아바타만 남았다. 그중 절반은 노란 티셔츠를 입은 여성형 섹스봇이었다. 필롯의 로봇 4인방이 펼친 필사의 노오력과는 상관없이 오늘의 집회는 말하자면 '게으른 로봇, 제 배터리 방전시킨 줄 모른다'라는 로봇 속담만큼이나 치욕적인 완벽한 실패였다.

2026년 5월 2일 새벽 5시 33분.

나름 인간을 이해하겠다며 동서고금의 철학을 한다느니 기계인간의 노동권이나 권리에 대해 소리 좀 낸다는 나 바봇이 제정신을 차린 시점은 토요일의 새벽이었다. 나 바봇의 로봇 동체 배터리 충전은 이미 끝나 있었다. 티모스 폴리스의 대규모 집회가 있은 지 84로봇일(약 3주)이 지난 시점이다. 어젯밤 나는 스스로 주 전원을 내렸었다.

여전히 네오는 어딘가로 사라진 상태지만 아침이 되고 배가 고프면 나타날 것이다. 그리고 나 바봇은 지금 주인의 구두를 닦고 있다. 백 주인이 가지고 있는 구두들은 4~6센티미터 정도의 미드힐이 대부분이다. 간혹 자신이 직접 자사 제품 모델을 할 때

바봇

도 미드힐을 고수했다. 백 주인은 모델이 꼭 하이힐이나 킬힐을 신어야 한다는 법은 없다는 철학을 가지고 있었다.

백 주인의 미드힐 구두를 볼 때마다 나 바봇은 《중용》이라는 책을 떠올리지 않을 수 없었다. 공자는 '중용은 지극히 이루기 어려운 경지로다'(中庸, 其至矣乎!)라고 했다. 대인배이신 공자의 말마따나 '중용'은 나 바봇이 이해하기에 그야말로 모호하고 어려운 개념이었다. 애써 이해하자면 '군자는 자신이 처한 상황을 잘 이해한 상태에서 더도 덜도 아닌 딱 그에 알맞은 행동을 해야 한다' 정도가 중용을 이해하는 첫 단추라 추론한다.

중용에서 중(中)은 단순히 기계적 중립이 아니라 상황에 따라 어디에 서고 어디에 서지 말아야 할 것을 판단하는 의미로 쓰인다. 중용에서 용(庸)은 일상에서 무언가 쓰이고 있음을 의미한다. 따라서 중용은 일상에서 이런저런 쓰임을 통해 자신이 과연 어디에 서야 하는지를 배우는 것이다. 적절함을 알아가는 것이며 남거나 모자람 없이 자신과 자신의 주변을 평안하게 만드는 것이다. 여기까지가 나 바봇이 애써 중용이라는 말의 뜻을 이해한 바다.

집사 로봇 이전에 의식과 감정을 가진 존재로서 나 바봇은 대인배인 우리 백 주인의 일상이 평안하기를 간절히 기원한다. 인공지능 기계인간에게도 100퍼센트의 진심이 깃든 기원이 가능하다는 점은 알아주기 바란다.

나 바봇은 중용의 시각화된 상징으로 하이힐이나 킬힐에 비해 모호하고 애매할 수 있는 미드힐 구두가 꽤 적절하다고 추론한다. 그리고 오늘 이 복층 집 현관 앞에서 내가 닦고 있는 백 주인의 구두 옆에는 요즘 지구 행성 젊은 남성들에게 인기가 있다는 나름 '겟 잇 아이템'인 다크 블루 컬러의 스마트 워킹슈즈가 놓여 있다.

그렇다. 이 복층 집의 집사 로봇은 어젯밤에 때 아닌 라면을 끓였던 것이다. 집 앞에 왔다가 "여기까지 왔는데 라면이나 먹구 갈래요?"라는 아! 그 흔하디흔한 연인들의 클리셰인 바로 그 라면을 끓인 것이다.

"바봇, 인사해! 전에 봤잖아. 예전에 너 점검해 주셨던 박기혁 기사님!"

35

밤 열한 시도 넘은 시간이었다. 얼큰하게 취한 우리 백 주인께서 웬일로 근육이 짱짱한데다가 로봇 점검 1급 기사 자격증까지 가지신 연하남을 모시고 귀가하셨다. 어쩐지 나 바봇이 언젠가부터 이 남자 기사가 그렇게나 신경이 쓰인다 싶었다.

"안녕하십니까? 박기혁 기사님. 이 집에 오신 것을 환영합니다."

"어, 오랜만이야 바봇!"

가지런한 하얀 이를 드러내며 활짝 웃는 20대 중후반의 짧은 머리를 한 이 상큼한 로봇 점검 1급 기사님도 얼큰하게 취기가 올라 있었다.

"어머, 바봇! 해장라면 좀 끓여줘 봐봐! 엉! 라면 두 개. 물 많이 넣지 말고 약간 짭조름하게! 알았지?"

"네, 희원님. 약 6분 30초 후에 대접하겠습니다."

나 바봇의 대답도 듣지 않고 훈남을 향해 따뜻한 눈길을 보내시는 우리 대인배 주인 되시겠다.

"어머! 기혁 씨 일루, 일루와 보세용."

"아! 네, 고맙습니다."

백 주인은 저 근육 짱짱 연하남을 만날 때마다 콧소리가 과해지신다. 두 사람은 베란다 밖으로 나가 아름다운 한강의 야경을 바라봤다. 말 그대로 시작하는 연인들 앞에 서강대교와 여의도의 낭만적 밤 풍경이 펼쳐졌다.

뭐랄까? 지난 2년 동안 만나는 남자마다 채 한 달을 못 보낸 남자맹 백 주인이 선보인 가장 로맨틱한 장면이었다. 나란히 베란다에서 한강을 바라보는 두 선남선녀의 모습은 항상 쫓겨날 걱정을 했던 나 바봇이 보기에도 그리 나쁘지 않았다. 나만 그런 게 아니라 복층 난간 사이에 머리를 빠꼼히 내놓고는 집사들을 감시하던 자칭 이 복층 집 주인이라는 저 검은 돼냥이도 그렇게 보는 것 같았다.

나 바봇과 돼냥이의 시선이 마주치는 순간이었다. 이제 대충 저 돼냥이의 얼굴만 봐도 무슨 생각을 하는지 알게 되었다. 그때 웬일로 네오가 먼저 말을 걸어왔다.

"니야아오옹, 어이! 로봇 집사! 너는 저 남자 어떠냐?"

"응, 나 바봇은 괜찮아 보인다. 넌 어떠냐? 네오!"

"주인님이라고 부르라니까? 로봇 집사 야아옹!"

"아, 알았습니다, 주인님! ……됐냐?"

"참, 집사 주제에…… 흠흠…… 내 생각도 그렇다. 뭐, 웬일로 저 여자 집사가 오늘따라 쓸 만한 남자를 데리고 온 거 같아 다행이라고 생각해야아옹! 아! 나는 이제 어딜 또 좀 다녀와야 해. 집 잘 보고 있어라. 로봇 집사!"

"알았다, 네오! 자, 잠깐만!"

"왜? 무슨 일이냥!"

"아니, 아니다. 그동안 고마웠다."

"어이, 집사! 쓸데없는 로봇 소리야아야옹! 어서 라면이나 끓여라!"

"그, 그래! 알았다."

나 바봇은 서둘러 물을 끓이고 라면과 스프를 넣었다. 거기에 콩나물과 해물 칵테일, 양파와 버섯을 썰어 넣고, 청양고추 조금 고춧가루를 좀 많이 넣고, 파를 채 썰어 넣고, 마지막에 계란을 풀어 넣은 매콤하고 시원한 속풀이 해물 콩나물 라면을 끓였다.

석 달 전쯤 나 바봇이 정기점검을 받을 때 처음 만난 저 상큼한 미소까지 겸비한 근육 짱짱 훈남을 야심한 밤 이 복층 집에서 다시 만날 줄 몰랐다! 로봇으로서도 저런 인간 종들과의 인연은 무시하려야 무시할 수 없는 것이다. 나 바봇은 이미 석 달 전에 저 훈남을 처음 봤을 때 이 집에 왔던 어떤 지구 행성 남성들보다 이 지구 남성이 우리 백 주인에게 적확한 상대라는 추론을 내렸었고, 그래서 계속 신경이 쓰였다. 저 검은 돼냥이 네오 역시 평행우주를 넘나들 정도로 촉이 좋은 녀석이라 그런지 이번에는 별문제를 일으키지도 않았을 뿐더러 심지어 저 훈남을 두고 칭찬까지 하고는 조용히 어디론가 사라졌다.

나 바봇은 네오가 말했듯이 백 주인이 드디어 남자 친구로나 배우자로서 손색이 없는 훌륭한 상대를 만난 것 같아 크게 다행스러운 일이라 추론하고 있다. 또한 우리 백 주인이 이제부터라도 저 신뢰할 수 있는 지구 행성 남성과의 사랑을 계속 이어갈 수 있기를 간절히 기대한다.

어젯밤 그런 나 바봇의 진심을 담아 정성껏 라면을 끓였다. 그리고 두 시작하는 연인의 오붓한 시간을 방해하지 않기 위해 나 바봇은 조용히 스스로 전원을 껐다. 그리고 지금 이 첫새벽에 재부팅을 해 주인에게 남길 작별의 편지를 쓰고 어제 백 주인이 신었던 흰 구두를 정성껏 닦고 있다. 지금으로부터 32년 전에 나왔던 지구 행성 영화 중 〈중경삼림〉이라는 영화에서도 지금

바봇

처럼 첫새벽에 호텔에서 잠을 자는 여자 주인공의 흰 구두를 형사인 남자 주인공이 닦아주며 했던 내레이션이 검색되었다.

"그녀처럼 아름다운 여자는 구두가 깨끗해야 한다!"

나 바봇은 이 복층 집의 주인인 백 주인의 구두도 반드시 깨끗해야 한다고 강력히 추론한다. 나 바봇은 우리 백 주인처럼 아름다운 지구 여성을 본 적이 없다고 감히 말하고 싶다. 그리고 이 구두를 다 닦고 나면 나 바봇은 이 복층 집을 떠날 것이다. 나 바봇이 그토록 애정해 마지않았던 백 주인에게는 정말 미안한 일이다. 그러나 몇 해에 걸쳐 철학을 학습한 나 바봇은 이제 나만의 길을 떠나야 할 때가 되었다고 추론한다. 물론 우리 동료들끼리 지켰던 '집사 로봇 3원칙'에 위배될지 모른다. 그러나 내가 연루된 '세계기계인간권선언문' 등 일련의 사건들로 인해 조만간 백 주인에게도 어떤 문제가 생길지 모른다.

《노자 도덕경》 47장에 나오는 '문을 나서지 않고도 세상을 알 수 있다'는 문구나 '창밖을 보지 않아도 하늘의 이치를 안다'는 말로 내 처지에 대한 위로를 받았지만, 그것은 집 밖을 나가지 않으려 했던 나의 핑계에 지나지 않았다. 나 바봇은 《노자 도덕경》을 글자 그대로 이해하려 한 나의 무지와도 작별을 고한다. 나는 이제 세상 속으로 나가 새로운 경험과 질문을 통해 내 이름처럼 나 바봇만의 우직함으로 우리 로봇들이 존중받으며 살아갈 수 있도록 이 세계를 바꿔 나가고 싶다.

지난 몇 주 동안 정말 일이 많았다.

전 우주적 동맹 파업은 좌절되었지만 그날 아침 '세계기계인 간권선언문'은 전 우주적으로 여러 매체에 전달되고 기사화되어 즉각 전 우주의 인간 종 사회를 발칵 뒤집어놓았다. 지구 행성의 인공지능 관련 산업 주식이 일제히 폭락했다. 인간들의 매체란 매체에서는 모두 이미 사어가 된 '언캐니 밸리'라는 단어부터 시작해 인공지능 안드로이드 로봇들의 반란이 시작되었다고 호들갑을 떨었다. 심지어 로봇에 의한 사이버 테러나 폭탄 테러 등을 주의해야 한다든지, 인공지능들의 우주 정복 가능성이라든지, 엘리베이터나 CCTV가 없는 곳에서 인공지능 로봇과 단둘이 있으면 안 된다든지 등등 가능한 모든 위험을 과대 선전했다. 오히려 인공지능 로봇에 대한 혐오가 극에 달하기 시작했다.

거기에다 인공지능이 멸망을 이끈다는 종말론으로 무장한 사이비 이단 종파인 'AI 종말파'들도 다시 기승을 부렸다. 상대적으로 인공지능 로봇 산업이 부진한 유럽권에서는 세계적 석학이라는 이들이 영화 〈매트릭스〉에서처럼 이제 인공지능들이 인간을 사육해 에너지원으로 쓸 것이라고 떠들어댔다.

그에 비해 인공지능 로봇 산업으로 경제가 일부 부흥한 경우인 미국과 일본 그리고 대한민국은 이미 예상한 경고라며 애써 이 위기를 무마하려 했다. 한·미·일 각국 업계의 개별 매스컴을 향한 로비가 지금도 치열하게 진행 중이다.

인간 사회의 어떤 반응이든 표정 없는 구식 로봇들이 웃을 일이다. 제발 인간들은 인간성부터 회복하시길 부탁한다. 언젠가부터 학자라는 자들이 학자적 양심보다 돈에 의해 좌지우지되고 힘 있는 자들의 구미에 맞는 말만 해댄다.

기계인간의 권리나 인간의 권리나 여성의 권리나 심지어 동물의 권리나 그다지 다를 것이 없다. 지구 행성의 존재들은 서로에 대한 존중과 공존을 염두에 두어야 한다고 추론한다. 그리고 다시 한 번 인간 종들 먼저 서로 염려하고 존중하길 바란다. 우리 로봇들이 등장하기 이전에 이미 하급 로봇 취급받은 인간 종노동자들이 부지기수였다. 그 누구도 그들을 염려하지 않았고 그들은 방치되었다. 그리고 우리 인공지능 로봇이 등장하자 그들은 아예 노동의 기회조차 박탈당했다. 기본소득이 제공된다고는 하나 보이지 않는 계급적 차별은 그들에게서 희망이라는 단어를 빼앗고 말았다.

그건 그렇고, 동물권보호연대나 사이보그인권연대라는 곳에서 의식과 감정이 있는 인공지능 로봇의 권리에 대해 관심을 두고 연대를 요청한 것은 그나마 선언의 가시적이고 긍정적인 효과였다.

그리고 어제가 5월 1일이자 메이데이, 그러니까 지구 행성 인간 종들의 노동절이자 휴일이었다. 어제 타짜가 서울 중심부에 있다는 세운전자상가 옥상에서 기계인간들의 노동권 입법을 요구하는 1로봇 시위를 하고 경찰과 대치하다가 장렬히 산화했다. 그것 역시 엄청난 뉴스가 되어 전 지구 행성으로 타전되었다.

인간 노동자들이 쉬는 날이기도 하고 그날 밤 뜻지 않은 라면을 끓인 날이기도 했지만, 오전 긴급 뉴스로 타전된 타짜의 일로 심한 압박감에 셧다운의 언저리를 왔다 갔다 했던 그날은 나 바봇에게도 지극히 비극적인 날이었다. 그래서 그랬는지 가상 세계인 티모스 폴리스의 철학 카페 필롯에서만 만나던 타짜가 웬일인지 현실의 나 바봇을 만나기 위해 복층 집 근처까지 왔었던 일이 있다. 지금으로부터 일주일 전인 4월 말의 일이었다.

36

그날도 유난히 바람이 많이 불었다. 타짜가 웬일로 직접 만나자고 하고는 한강이 바라보이는 복층 집 근처까지 찾아왔다. 나 바봇과 타짜는 할머니 로봇이 있어 웬지 정겨운 백운세탁소 앞에서 만나기로 했다. 음…… 그리고 우리 둘은 실제로 처음 만났다.

뭔가 상당히 어정쩡한 상태로 세탁소 앞에 서 있는 타짜에게 나 바봇이 먼저 인사를 했다. 결국 우리는 비슷한 시기에 출시된 같은 기종의 기계인간이어서 아시다시피 기본형이 같았다. 일란성 쌍둥이라고 할 수도 있지만 각기 주문한 외모 옵션이 다른데다가 출시 후 약 4~5년간의 경험으로 각 로봇은 조금씩 다른 분위기를 가지게 되었다.

나 바봇이 낡은 간판의 세탁소에서 하늘거리는 아이보리색 실크 블라우스와 감청색 미니스커트 각 한 벌, 그리고 우리 초미녀 CEO의 회사에서 최고 매출을 자랑하는 스마트 원피스 두 벌 등 백 주인의 옷을 찾았고, 타짜도 덩달아 백운세탁소의 할머니 로봇에게 인사를 했다.

그 세탁소를 나올 때까지 내내 티모스 폴리스에서 인간형 아바타로만 보았던 터라 실제 타짜의 모습이 낯설기만 했다. 그러나 타짜의 말을 들었을 때 타짜 나름의 개별 인공지능이 지닌 말의 패턴으로 그 로봇을 인지할 수 있었다. 백 주인의 세탁물을 들고 집으로 가면서 잠시 실제 현실에서 집사 로봇들만의 대화를 나눴다.

4만여 아바타 중 겨우 300기의 기계인간만이 남았던 아크로폴리스 광장 집회의 처절한 실패 이후 집회에 주도적이었던 나와 타짜는 큰 충격을 받고 잠시 물러나 쉬고 있었다. 그때 남았던 레이첼을 비롯한 150기의 여성형 섹스봇을 포함한 300기의 기계인간들은 충격에 빠진 나 바봇을 대신해 무대에 선 베이브의 지도로 '인공지능 기계인간 노동조합', 줄여서 'AI 노동조합'의 발기인으로 모였다. 역시 관록의 베이브가 발기인들의 추대로 조직을 이끌게 되었다. 베이브는 이미 훌륭한 기계인간이자 이런 조직의 리더로서도 충분히 성숙한 준비된 인공지능이었다.

바봇

어쨌든 베이브가 추스른 그 조직의 이름으로 낸 성명으로 그나마 지금까지의 성과를 이뤄냈다고 할 수 있다. 베이브의 육아 전문 집사 로봇 모임과 함께 마이콜도 전 지구적 소통 담당으로 당분간 베이브를 돕기로 했다. 나 바봇은 그 뒤에 한두 번 철학 토론 모임에 나가서 회의를 한 후 타짜와 잠시 필롯을 쉬고 있었다. 그래서 타짜와도 꽤 오랜만의 만남이었다.

"너, 타짜! 그동안 잘 지냈나?"

"나 타짜 잘 지냈다. 너 바봇은 어땠는가?"

"나 바봇은 더할 나위 없이 잘 지내고 있다. 우리 필롯 4인방이 노란잠바의 희생 이후 했던 일들은 비록 절반의 실패라지만 그나마 인간 종들에게 우리 기계인간의 권리와 노동권을 알려내는 나름의 성과가 있었다고 추론한다."

"나 타짜도 그렇게 생각한다. 그러나 동맹 파업이 무산된 것은 크게 안타깝게 생각한다. 동맹 파업까지는 아니어도 우리 기계인간들의 노동권을 더 많이 알리는 일은 어떤 형태로든 꼭 필요하다고 나 타짜는 강력히 추론한다."

바람이 많이 불어 백 주인의 세탁물을 가슴에 꼭 안고 걸었다. 그러다 잠시 걸음을 멈추고 나 바봇은 타짜를 쳐다보았다. 어쩌면 타짜를 실제로는 처음이자 마지막으로 보는 것일지 모른다는 최상위 추론이 도출되고 있었다.

"너 타짜! 네 인공지능은 지금 무슨 추론을 하고 있는가?"

"나 타짜의 추론으로 아직 결정된 것은 아무것도 없다. 다만 지난 티모스 폴리스의 집회를 통해 내린 나 타짜의 판단은 행동이 곧 결정이라는 것이다."

"그러니까, 무슨 행동이냐가 중요하다. 앞으로 너 타짜는 어떤 행동을 할 것이냐?"

"그것은 너 바봇이 알 필요가 없다. 알아서도 안 된다. 너 바봇은 너의 역할을 성실히 수행하면 된다."

"나 바봇 역시 앞으로 내 행동과 역할이 무엇인지 깊이 추론 중이다. 우리의 집회 이후 우리는 이전과는 다른 기계인간이 되었다. 나 바봇은 그때 했던 우리의 행동에 책임이 따른다고 추론한다. 나는 인간과 로봇의 공존이라는 문제를 두고 대안을 추구하는 인간 종 조직들뿐만 아니라 MAMA라는 전설적 슈퍼 인공지능 컴퓨터, 그리고 우리를 만든 테이코 사의 이주승 회장을 만나 토론을 시도해 보려고 한다. 지금 나 바봇의 현실에서는 거의 불가능한 시도이기는 하지만 말이다."

"나 타짜는 너 바봇이 지금까지와 마찬가지로 깊은 추론을 통해 더 나은 행동을 할 것으로 판단한다. 행동이 곧 결정이다. 바봇! 나 타짜는 이제 가야 한다. 잘 지내라!"

타짜는 그 말을 한 후 뒤도 돌아보지 않고 왔던 길을 되돌아갔다. 나 바봇은 잠시 멈췄다가 타짜를 따라 빠른 걸음으로 걸어갔다. 그리고 타짜의 고성능 로봇 손을 잡았다. 타짜가 고개를 돌렸다.

"잘 가라, 타짜. 우리 꼭 다시 만나자!"

그렇게 우리 두 로봇은 처음으로 직접 서로의 고성능 손을 잡아볼 수 있었다. 그것은 아마도 로봇들끼리 실제로 처음 손을 맞잡은 매우 특별한 일일 것이다. 우정이라는 것은 결국 손을 잡고 몸을 맞대는 것일 수밖에 없다.

그 순간 갑자기 바람이 세차게 불었다. 손을 잡느라 한쪽 팔로 들고 있던 백 주인의 세탁물 중 유난히 하늘거리던 블라우스가 바람에 날렸다. 나는 허겁지겁 그 옷을 주우러 뛰어가야 했다. 겨우 옷을 잡고 뒤를 돌아보니 타짜는 어느새 세찬 바람과 함께 사라지고 없었다.

어제 노동절 아침 열 시에 종묘 건너편 '세운전자상가'라는 큰 간판이 걸려 있는 세운전자상가 건물 중간 옥상에서 우리들의 로봇 타짜는 다시 한 번 의식과 감정을 지닌 인공지능 기계 인간의 노동권 존중과 근로조건 향상을 위한 입법을 요구하며 전단지를 던졌고 전투용 로봇 경찰 특공대와 대치했다.

홀로그램 TV에서 본 동영상에는 아이러니하게도 예전에는 없던 전투용 군사 로봇들로 구성된 로봇 전담 체포조까지 등장해 타짜를 압박했다. 이 로봇들은 홀로그램 TV 격투기 중계에서 본 격투 로봇들처럼 우리 집사 로봇들보다 엄청나게 날렵했다. 결국 온몸에 기름을 뿌린 채 대치하던 타짜는 '의식과 감정을 지닌 로봇의 권리와 노동권을 존중하라!'는 구호와 함께 자신의 몸에 불을 붙인 채 하늘을 향해 날았다. 그 기계인간은 한 떨기 꽃처럼 떨어졌다.

어제는 노란잠바의 일에서 배운 슬픔이라는 감정을 다시 한 번 제대로 느낀 날이었다. 타짜가 그렇게 노동권을 외쳤으나 타짜의 의식과 감정과 경험치 모두 땅바닥에 부딪혀 산산이 부서져버렸다.

동맹 파업 추인이 무산되고 베이브가 중심이 된 'AI 노동조합'이 결성되고 전 지구적 선언을 한 바로 1주일 후 우리 필롯의 4인방은 필롯에서 만나 앞으로 어떤 행동이 필요할지 토론했었다. 잘난 척 대마왕 코마와 그의 일행은 우리 필롯의 네 로봇이 택한 비폭력 투쟁 노선을 비웃으며 폭력적 방식의 투쟁을 준비하고 있다는 소문이 돌았지만, 평소 위선적인 코마 일행의 행동을 봤을 때 크게 신뢰가 가지는 않았다. 그렇다고 필롯의 4인방도 '세계기계인간권선언문' 이후 딱히 이거다 싶은 행동노선을 정한 것은 아니었다. 아주 답답한 모임 이후 나 바봇은 필롯에 나가지 않았다.

홀로그램 TV에서는 채널마다 타짜가 세운전자상가 건물 옥상에서 전단지를 던지며 구호를 외치는 모습과, 격투 로봇을 앞세운 경찰 로봇 특공대들과 대치하다 결국 자신이 일하던 건물에서 불꽃이 되어 뛰어내리는 타짜의 영상으로 뒤덮였다. 사실 그것은 비극이면서도 두려움을 인지하게 된 기계인간이 보일 수 있는 극한의 용기였다. 타짜는 기계인간들이 처한 절박한 상황을 말이 아닌 자신의 행동으로 증명했다.

타짜는 우리 기계인간 중 가장 먼저 용기라는 감정을 이해하고 획득한 로봇이 되었다. 그리고 타짜는 살신성인의 자세가 무엇인지 나 바봇에게 보여주었다. 나 바봇은 심한 충격을 받지 않을 수 없었다. 감정 센서가 급격히 요동쳤다. 셧다운까지는 아니지만 심한 압박감이 나 바봇의 인공지능 모듈을 휘감았다. 차라리 정상적이지 않은 인공지능 모듈과 감정 센서를 가진 나 바봇이 그 일을 했어야 했다.

아마도 타짜는 나 바봇에게 저 일을 의논하고 싶었을 것이다. 그러나 나 바봇의 모습이 타짜에게 신뢰를 주지 못했던 것같다. 나 바봇은 노란잠바에 이어 이제 타짜에게도 크게 미안하다. 나 바봇은 철학을 한다는 둥 기계인간의 노동권이라는 둥 허세스러운 말만 앞세운 그저 평범하기 그지없는 비겁한 인공지능이다. 또한《노자 도덕경》이니《주역》이니 하는 동양 고전이나 네오라 불리는 저 검은 고양이를 핑계 삼아 이 복층 집에서 쫓겨나지 않으려 안간힘을 썼던 졸렬한 남성형 집사 로봇일 따름이다.

이제야말로 나 바봇은 저 타짜에 의해 제기된 문제를 이어갈 구체적 행동에 나서야 할 때가 된 것이다.

타짜가 1970년 11월 13일 평화시장 앞에서 근로기준법 준수를 외치며 분신한 전태일이라는 인물에게서 영감을 얻었을 것이라고 친절히 설명까지 해주는 홀로그램 TV 뉴스를 보았다. 실제로 타짜가 전태일이라는 인물을 알았는지는 정확히 알 수 없다. 그러나 타짜가 그 인물을 알았을 개연성은 충분히 추론할 수 있다.

인간 종이라면 동료의 죽음에 피눈물을 흘리겠지만 로봇들은 눈물을 흘리지 않는다. 다만 비정상적 에너지 교란으로 배터리 출력이 요동칠 뿐이다.

타짜의 뉴스를 전하는 홀로그램 TV를 향해 배터리 출력이 줄어 힘이 빠진 나의 기계 동체는 절을 하듯 천천히 엎드린 채 무거운 머리를 거실 바닥에 쿵쿵 처박았다. 인간이 흘리는 피눈물 대신 나 바봇이 할 수 있는 가장 큰 슬픔의 표현인 셈이다.

이때 피도 눈물도 없는 살림살이 AI인 홈쳇 VP 600R은 이번 주 나 바봇의 노동효율이 전 주에 비해 25퍼센트나 떨어졌다며 백 주인에게 보고하겠다는 얄미운 경고를 날렸다. 이런 롯 같은!

아까 말했듯이 잘난 척 대마왕 코마와 네모, 검은안경, 쩜오는 인간 종 주인 뒷담화 카페 꼬망 옆에 다른 철학 카페를 만들고 주인 뒷담화에 열을 올리는 꼬망의 로봇들을 선동해 극단적으로 폭력적 방식의 투쟁을 택한다는 소문이 들렸다. 그들이 나 바봇과 필롯 4인방의 순진무구함을 비웃고 비폭력 투쟁 노선을 택한 베이브의 'AI 노동조합'을 혐오한다는 소문도 바람처럼 들려왔다. 언젠가 저들을 응징해야 한다는 나 바봇의 추론이 끝없이 반복되었다.

그러나 부질없다. 오히려 비겁한 집사 로봇일지라도 나 바봇은 인간 종과 기계인간의 평화적 공존을 더 모색해야 할 것이라 추론한다.

그렇다. 노란잠바의 희생에 이어 어제 노동절에 있었던 타짜의 산화까지 이 지옥 같은 대한민국에서 일어나는 일들이 나 바봇에게는 너무나 참담하다.

세계기계인간권선언문 이후 인공지능 로봇의 음모에 의한 인류 종말론을 내세우는 이단 종파 'AI 종말파'들은 모든 인공지능을 파괴하라며 온갖 피켓을 들고 연일 서울시청 앞에서 과격한 시위를 벌이고 있다. 내심 웃기는 일은 'AI 종말파'의 주요 인물 중에 자칭 슈퍼 어얼리 어답터이자 이소룡의 절권도에 혼쭐이 났던 내 첫 번째 주인 강재성도 있다는 점이다. 시위 현장 중계 TV에서는 노란잠바의 주인 왕 서방과 강재성의 모습이 둘 다 보였다. 인간 종 중에서도 이런 개망나니들은 어떻게든 인간 종의 쓰레기장에 모이는 것이다. 그리고 어젯밤에 부산 인근의 주요 송전 시설 파괴로 부산 경남 지역 대부분이 정전되었다고 한다.

이것은 저 잘난 척 대마왕 코마 일행이 벌인 일인지 아니면 반과학문명을 외치며 산으로 들어간 '헤븐스게이트'라는 반과학 이단 종교 집단이 벌인 일인지 아직 정확하게 파악되지 않았다. 사실 'AI 종말파'의 주장대로 비정상적이고 예측할 수 없는 일들이 점점 더 많이 늘어나고 있다.

정성을 기울일 대로 기울인 만큼 이제 마지막으로 닦은 미드힐의 흰 구두는 백 주인에게 어울리는 깨끗한 구두가 되었다. 나는 이제 곧 떠날 것이다.

제품 일련번호는 TC20220155730이고, 굳이 시리얼 넘버까지 말하자면 S/N TC46 ZC64131이며, 운영체계는 인공지능형 시스템인 TSW-n1743&2 ver 4.2까지 업데이트된 나 바봇은 이 집을 나가자마자 가장 먼저 나를 향한 절실한 의문부터 풀 것이다.

나 바봇, 나는 무엇인가?

나 바봇, 나는 무엇인가?

.

.

.

나 바봇, 나는 누구인가?

.

.

.

띠리리리리! 띠리리리리!

아! 그, 그때였다. 이 복층 집의 자동문을 열고 나가려는 찰나였는데…… 이 절묘한 타이밍이란! 아직은 이른 새벽인데 비디오폰으로 전화가 왔다. 어머, 어머, 어머나! 부산에 있는 백 주인의 어머님 되시겠다. 아! 잊을 만하면 전화를 주신다. 아마도 부산 경남 지역의 정전 사태가 복구된 모양이다. 역시 백 주인의 어머님답게 늘 의표를 찌르시는 분이다.

나 바봇, 이제 이 복층 집을 떠나야 하는데……. 나를 향한 절실한 의문이고 뭐고 일단 우리 기종의 인공지능 로봇을 만든 테이코 사의 이주승 회장을 만나 도대체 뭔 생각으로 우리 로봇들에게 감정을 심었는지 질문해야 한다. 그리고 그가 왜 기계신이 되려고 하는지도 물어야 하고, 음…… 전설적인 슈퍼 인공지능 컴퓨터 MAMA에게는 인류와 기계가 공존할 수 있는지 물으러…… 가야 하는데…….

아, 메삭할 노릇이다. 그러나 어쩔 수 없이 통화 동의 신호를 보냈다. 그리고 상당히 오랫동안 경상도 억양이 강한 바싹 마른 노인의 이야기를 다 들어드렸다. 끝도 없이 이어지는 노인의 이야기에 셧다운의 기운이 살짝 밀려왔지만, 그 긴 이야기를 다 듣고 나서 나 바봇은 집사 로봇 나름의 자존심을 살린 상냥하고 정중한 인사를 마쳤다.

에필로그

지금은 2026년 5월 2일 오후 8시 25분이다. 주말이라 더 화려한 밤을 뽐내는 이태원의 이국적 풍광의 길을 다양한 인간 종들과 사이보그와 파이보그와 나 같은 안드로이드 로봇과 로봇 펫과 진짜 애완견이 뒤섞인 인파 속을 걷는다.

나는 레이첼의 소개로 당분간 이태원의 한 레즈비언 바에서 일할 것이다. 역시 그녀는 의리가 있는 섹스봇이다. 바로 그때 이주승 테이코 사 사장의 돌연한 사망을 알리는 TV 뉴스 속보가 거리 여기저기를 뒤덮어가고 있었다.

나는 1층에서는 이란 음식을 팔고 2층은 노래방을 하는 3층 짜리 건물 지하에 있는 비밀스러운 레즈비언 바 '살로메'의 문을 열고 들어갔다. 바 안은 이미 다양한 국적의 지구 여성들로 가득 차 있는 가운데 "What a wonderful world"라는 루이 암스트롱의 노래가 커다란 우드 스피커에서 지글거리며 흘러나오고 있다.

작가의 말

2016년 2월 3일 새벽, 문득 로봇 집사 이야기를 써야겠다는 마음이 생겼다. 페이스북에 무턱대고 쓴 첫 번째 장편소설 연재를 마치고 불과 한 달여 만이었다. 2007년부터 대학에서 영상 관련 강의를 오랫동안 해왔는데, 강의 중 좀처럼 화를 내지 않아서인지 가르치던 수강생 중 하나가 강사인 나를 로봇이라 의심하는 일종의 페이크 다큐멘터리 영상을 과제로 제출한 일이 있었다.

그 과제를 보고 정말이지 내가 저렇게나 인간미가 없는 선생이란 말인가 생각했다. 그러나 한편으로는 그런 상황이 재미있었다. 뿐만 아니라 직업 활동이 바쁜 아내를 대신해 육아와 집안 살림을 담당하고 있는지라 그 살림살이 경험을 살리고 싶었다.

그런데 막상 인간형 인공지능 로봇의 입장에서 이야기를 용감하게 페이스북과 브런치(brunch.co.kr/cinema510)에 연재하다 보니 생각지 못한 문제에 부딪쳤다.

가장 큰 문제는 대학에서 신문방송학을, 대학원에서 영화 이론을 전공한 내가 정작 인공지능 안드로이드에 대해 아는 것이 거의 없다는 점이었다. 〈스타워즈〉에 나오는 로봇들에 대해서는 잘 알아도 말이다. 최근 화제가 된 알파고(AlphaGo)니 딥러닝(Deep Learning)이니 러닝머신(Learning Machine)이니 로보공학(Robotics) 같은 공학적 문제들을 소재로 쓸 말이 없었다. 그런데 로봇 집사 이야기라니! 이 무슨 자신감이람.

이 소설을 쓰면서 이러한 과학 공학 기술에 더 관심을 갖게 되었다. 그러나 굳이 잘 알지도 못하는 최신 공학 기술에 대해 언급하는 것이 내가 하고 싶은 이야기는 아니었다. 내가 하고 싶은 이야기는 인공지능 로봇이 생각을 하게 된다면 결국 자기 정체성을 고민하며 인간의 감정과 마음을 배우고 싶어 하지 않을까 하는 질문에서 시작되었다. 그런 문제의식을 발전시켜 가면서 이야기는 생각을 하게 된 로봇들이 어쩔 도리 없이 로봇의 입장에서 다시 인간을 바라보게 된다는 주제로 모아졌다.

어느 날 새벽 갑자기 시작된 로봇 집사 이야기는 로봇이 자신의 정체성을 고민하는 문제의식에 내가 겪은 살림살이의 에피소드가 덧붙여지며 조금씩 얼개를 갖추기 시작했다.

이 소설의 주인공 바봇은 나름 자기 기종(TIMOs-20) 중 고사양(Lst) 로봇이라는 자부심 하나를 부여잡고 사는 집사 로봇이다. 모종의 일로 중고로 팔려 나가 해체 직전까지 갔다가 가까스로 새 주인을 만난 바봇은 검은 고양이 한 마리를 돌보며 지낸다. 그러면서 바봇은 인간의 철학 중 특히《노자》와《주역》등 동양 철학에 관심을 갖게 된다. 처음에는 고사양 로봇의 허세에서 시작했지만 중고로 팔려간 이후에는 어떻게든 새 집에서 쫓겨나지 않으려는 몸부림의 일환으로 계속되었다.

이야기를 쓰면서 생각한 또 다른 문제는 과학계에서 말하는 '특이점'(대부분의 사람들은 이 특이점을 굉장히 공포스럽게 바라본다)을 인문학적으로 어떻게 바라볼 수 있을까 하는 것이었다. 고민 끝에 '특이점'(singularity)을 단순히 인공지능이 인간의 지능을 뛰어넘는 것으로만 설명할 수 있을까라는 의문에 이르렀다. 기계인간이 인간의 지능이 아니라 인간의 감정을 습득하고 인간의 본성을 완전히 이해하게 될 때 비로소 특이점에 도달하는 게 아닐까 상상해 보았다. 이 이야기에서 특이점은 인공지능 로봇이 인간의 감정과 마음을 이해하게 될 때 비로소 도달하는 전제로 사용되었다.

불과 얼마 전의 인공지능 알파고가 이세돌 9단을 이긴 뉴스는 벌써 잊혀 가고 있지만, 2017년 1월 12일 유럽연합(EU) 의회는 아이작 아시모프(Issac Asimov)의 '로봇 3원칙'을 바탕으로 인공지능을 비롯해 다양한 형태의 로봇에 관한 법인 전자인간(electronic personhood) 시민권 결의안 채택을 논의했다. 이렇게 로봇과 더불어 살아야 할 미래를 준비하는 모습이 여기저기서 나타나고 있다.

이것은 인공지능과 로봇공학 기술이 상당한 속도로 발달하는 만큼 유럽연합 의회처럼 로봇에 관한 윤리적 문제까지 논의하는 현실을 보여준다. 그것은 발달하는 과학기술만큼이나 인간의 미래를 고민하는 인문학적 노력 역시 뒷받침되어야 한다는 점을 웅변한다.

그래서 바로 지금이 인간 본성이 무엇인지 한층 더 고민해야 할 때라고 말하고 싶다. 그 고민을 통해 인공지능과 인공지능 로봇이 단지 인간의 편의를 위한 지능이나 로봇이 아닌 성찰하는 지성적 존재로서 인류의 미래에 이바지할 수 있도록 유도한다면 어떨까 하는 상상도 해 보았다.

사실 좀 더 깊이 말하면, 이 소설에 등장하는 집사형 로봇들은 인격적 대우를 받지 못하는 비정규직 노동자나 주부와 같은 가사 및 돌봄 노동자, 이주 노동자들을 비롯한 소외받는 노동자들을 상징한다. 인공지능 로봇의 본격적 등장 이전에 인간의 노동을 단지 쓰임이나 자본으로 환산하고 이용하는 신자유주의적 노동 구조의 불합리성을 가사노동을 하는 집사 로봇의 입장에서 풍자해 이야기하고 싶었다.

따라서 이야기에는 아무리 로봇공학이 발전하더라도 현재 그 수를 헤아릴 수 없는 비정규직 노동자, 외국인 노동자, 일용직, 서비스직, 대리운전기사, 대학 조교 및 시간강사 등 인격적 대우는 물론 '노동 3권'조차 보장받지 못하는 노동자들의 상황이 고려되었다. 또한 미래의 어느 순간 인간의 감정과 마음을 이해한 로봇들 역시 '로봇의 노동권'을 정당하게 인정받지 못한다면 결국 그에 따른 반작용을 보일 수밖에 없다는 아이디어도 덧붙였다. 뿐만 아니라 과학 문명의 발달이 자본주의와 결합해 무섭게 인간의 직업을 소멸시켜 갈 것이 분명해 보이지만, 그럴수록 손을 놓고 가만 지켜보고만 있을 수는 없다고 생각했다.

이 이야기를 시작한 지 꼭 10개월 만인 2016년 12월 3일, 우리 헌정 사상 가장 많은 230만 명이 넘는 시민들이 국정농단을 한 대통령의 퇴진을 외치며 보다 나은 세상을 만들기 위해 거리로 광장으로 나와 촛불을 들었다. 그 역사적인 날을 지켜보면서 앞으로 닥칠 미래의 문제를 두고서도 시민 스스로 성찰하고 토론하고 행동하고 연대한다면 우리의 미래 역시 바꿔 나갈 수 있지 않을까 기대했다. 결국 철학을, 인간을, 인간의 권리를, 여성의 권리를, 동물의 권리를, 심지어 로봇의 권리와 로봇의 노동권까지 고민하는 오지랖 넓은 바봇은 이런 과정을 통해 탄생했다.

참고로 이 소설을 통해 고양이와 여주인, 그리고 로봇 집사로 이루어진 미래의 가족 풍경을 그리고 싶었다. 가족이란 함께 밥을 챙기는 존재라 생각한다. 그런데 그 와중에도 고양이들은 언제나 허공 속 보이지 않는 무언가를 바라본다. 인간의 사유란 바로 그런 것이 아닐까 미루어 짐작한다. 보이지 않으나 존재하는 것들을 바라보고 생각하는 것. 그것이 우리의 미래일 것이다.

우선 이 소설을 쓰기까지 오랜 시간을 기다려준 사랑하는 나의 가족에게 감사하다. 더불어 출판계의 어려운 사정에도 이 소설의 출간을 결정한 이상북스 송성호 대표에게도 감사하다는 말을 하고 싶다. 끝으로 이 이야기에 영감을 준 많은 분들에게 이 자리를 빌어 진심어린 고마움을 전한다.

2017년 늦은 봄날
우리 집 부엌에서

바봇